SIDDHARTHA

HERMANN HESSE

SIDDHARTHA

Editorial Época, S.A. de C.V.
Emperadores No. 185
Col. Portales
C.P. 03300, México, D.F.

1ª edición, julio de 2010
© Siddhartha
 Hermann Hesse
 Traductor: Ricardo Bumantel
 Diseño de portada: Adriana Velázquez C.
 Formación: Magdalena Servín G.

© Derechos reservados 2010
© Editorial Época, S.A. de C.V.
 Emperadores No. 185, Col. Portales
 C.P. 03300-México, D.F.
 email: edesa2004@prodigy.net.mx
 www.editorialepoca.com
 Tels: 56-04-90-46
     56-04-90-72

ISBN: 970-627-201-1
     978-970-627-201-0

Impreso en México — *Printed in Mexico*

PRIMERA PARTE

EL HIJO DEL BRAHMÁN

A la sombra de la casa y de la higuera, en la frescura del bosque de sauces, Siddhartha, el hijo hermoso de un brahmán, creció en compañía de Govinda, también hijo de un brahmán. En las orillas abrasadas de sol, junto a los botes, bronceáronse sus claras espaldas durante las abluciones y los sacrificios sagrados. Sombras fugaces aleteaban en sus ojos negros al jugar en el bosque de mangos con otros niños, en el sacrificio, al escuchar el canto de su madre, las lecciones de su sabio padre y las pláticas de los maestros. Desde largo tiempo atrás, él mismo intervenía en la conversación docta, y se ejercitaba con Govinda en torneos oratorios, en el arte de la contemplación y de la meditación. Ya sabía pronunciar sin sonoridad el *Om*, la palabra entre las palabras. La decía sigilosamente, ensimismado, aspirándola, y luego la exhalaba repitiéndola en silencio, recogido en su interior, la frente radiante de luz del alma. Ya encontraba el Atmán en lo recóndito de su propio ser, indestructible, uno con el universo.

La alegría se hacía en el corazón de su padre cuando pensaba en él, tan inteligente y estudioso, un futuro gran sabio, un sacerdote, un príncipe entre los brahmanes. El pecho de su madre se estremecía de gozo al verlo marchar, sentarse, levantarse, tan fuerte y bello sobre sus piernas delgadas cuando la saludaba con gracia perfecta.

El amor agitaba el corazón de las doncellas cuando Siddhartha, el cuerpo esbelto, la frente altiva, los ojos de príncipe, pasaba por las calles de la ciudad.

Pero quien más lo quería era Govinda, su amigo, el hijo del brahmán. Amaba sus ojos y su voz acariciadora, su andar y el acabado garbo de sus movimientos. Amaba cuanto Siddhartha hacía y decía, y por sobre todo amaba su espíritu, su pensamiento elevado y fogoso, su voluntad ardiente, su alto destino. Y Govinda se decía: «No, nunca será Siddhartha un brahmán vulgar, un sacrificador perezoso, un negociante de fórmulas mágicas, un retórico estúpido y vacío, uno de los imbéciles y pacientes corderos que forman el gran ganado». Tampoco él, Govinda, sería otro más de aquellos brahmanes: seguiría al magnífico Siddhartha, caro a su corazón. Y un día, cuando Siddhartha se convirtiera en un Dios y se reuniera con las rutilantes divinidades, Govinda estaría a su lado: sería su amigo, su compañero, su servidor, su portaespada, su sombra.

Y todos querían a Siddhartha. Y Siddhartha era la alegría y el placer de todos.

Pero ni placer ni alegría encontraba Siddhartha en sí mismo. Paseárase por los senderos floridos del jardín de higueras o se sentara bajo el soto de la meditación, fuera a purificarse cada día en el baño expiatorio o sacrificara a la divinidad en el lóbrego bosque de mangos, él, cuyos gestos eran plena armonía y a quien todos amaban y se alegraban de ver, no llevaba felicidad en el arcano de su corazón. Las aguas del río traíanle sueños y pensamientos inacabables. El titilar de las estrellas, el ardor de los rayos del sol, la humareda de los sacrificios, el soplo misterioso de los versos del Rigveda, la ciencia destilada por los viejos brahmanes: todas estas cosas movíanse en su espíritu e infiltraban inquietud en su alma.

Siddhartha empezaba a sentirse descontento de sí mismo. Comprendía que ni siquiera el cariño de sus padres o la amistad de Govinda harían su felicidad; sabía que nada de ello lo calmaría o satisfaría para siempre sus afanes. Comenzaba a dudar de que su venerable padre y los otros maestros, sabios brahmanes, le hubieran comunicado la mejor y más importante parte de su sabiduría, de que hubieran ya vertido en su alma y en su espíritu todo el contenido de los suyos, sin poder colmarlos. Su espíritu se hallaba insatisfecho, su alma no estaba serena ni su corazón tranquilo. Algo bueno hay en las abluciones, pero sólo son agua, y no purifican del pecado. No sacian la sed del espíritu ni curan la angustia del corazón. Los sacrificios y la invocación a los dioses eran excelentes. ¿Pero es esto todo? ¿Traían felicidad los sacrificios? Y de los dioses, ¿qué esperar? ¿Era en verdad Prajapati el creador del mundo? ¿O lo era el Atman, Él, el único, el solo? ¿No son los dioses seres como tú y yo, tributarios del tiempo y perecederos? Y en cuanto al sacrificio, ¿constituía realmente un acto noble y justo?, ¿el mejor y de mayores méritos? ¿A quién sacrificar además de a Él, a quién expresar veneración sino a Él, el único, el Atman? ¿Y dónde habitaba el Atman, dónde encontrarlo, dónde palpitaba su corazón eterno, dónde sino en nuestro propio yo, en nuestro interior, en ese reducto indestructible que cada uno lleva dentro de sí? ¿Mas dónde, dónde estaba ese yo, ese interior, ese último? No era carne ni hueso, ni pensamiento ni conciencia. ¿Qué era entonces? Para penetrar hasta el yo, hasta el Atman, ¿existía algún camino que valiese la pena buscar? Mas nadie podía indicárselo, nadie lo conocía. Jamás hablaban de él su padre, los maestros, los sabios, o los cánticos sagrados del sacrificio. Todo sabían estos brahmanes y sus libros, todo lo habían estudiado. Infinidad de cosas conocían acerca de la creación del mundo, los orígenes del lenguaje, los alimentos, la manera de aspirar y de espirar, el orden de los sentidos y los actos de los dioses. ¿Mas de qué vale toda la ciencia cuando se ignora aquello que más importa en el mundo?

Sin duda existían libros sagrados, el Upanishad de Samaveda, entre otros, cuyos magníficos versos hablaban del alma y del yo. Allí se decía: «Tu alma es todo el universo»; «el hombre que duerme con hondo sueño penetra en su interior y vive en el Atman». Sabiduría maravillosa la de estos poemas; todo el saber de los más sabios, puro como la miel de las abejas, vertíase allí en palabras mágicas. No, por cierto que no era de desdeñar el cúmulo enorme de conocimientos que generaciones incontables de brahmanes produjeron y guardaron preciosamente. ¿Pero dónde estaban esos brahmanes y esos sacerdotes? ¿Dónde se escondían aquellos sabios y penitentes que a más de saber vivieron su ciencia?

Aparte de su padre, el hombre puro, el más erudito y digno de veneración, Siddhartha conocía a muchos respetables brahmanes. Admirable era este padre de porte digno y sereno, de vida casta, de palabra plena de prudencia. Sólo pensamientos delicados y grandes alentaban bajo su frente. ¿Era feliz, empero?, ¿había paz en su corazón? ¿No se contaba también entre aquellos que buscan, entre los sedientos de verdad? ¿No le era menester fortalecerse de continuo en las fuentes sagradas, en el sacrificio, en los libros santos y en conversaciones con otros brahmanes? ¿Por qué él, el hombre sin reproche, purificábase diariamente de sus pecados en las abluciones? ¡Y siempre, siempre de nuevo!

¿No estaba el Atman en él? ¿No fluía ese manantial de vida en su propio corazón? Y era esa fuente la que Siddhartha ansiaba descubrir en su propio yo, la que le hacía falta. Todo lo demás sólo representaba búsqueda vana, extravío, perplejidad.

Tales eran los pensamientos de Siddhartha; tales sus afanes y su mal.

A menudo, en confidencia consigo mismo, repetíase las palabras de un Chandogya-Upanishad : «El verdadero nombre de Brahma es Satyam, y quien lo conoce entra cada día en el mundo celestial». ¡Cuántas veces habíale parecido cercano este mundo! Jamás, empero, le fue posible alcanzarlo, jamás pudo calmar toda su sed. Ni siquiera entre los más sabios de los sabios que conocía, sus maestros, halló uno que se hubiese elevado, uno que hubiese saciado esa sed que nunca acaba.

—Govinda —dijo Siddhartha—, Govinda, mi muy querido, ven conmigo bajo el banano. Meditaremos.

Sentáronse a la sombra del árbol. Siddhartha al pie y Govinda veinte pasos más allá. Y en el preciso instante en que exhalaba el *Om*, Siddhartha repitió, murmurando, estos versos:

Om es el arco, la flecha es el alma;
Brahma es el blanco en el que
a cualquier precio se debe dar.

Transcurrido el tiempo necesario a la meditación, Govinda se levantó. Ya era tarde y la hora de proceder a la ablución vespertina había llegado. Llamó a Siddhartha por su nombre, Siddhartha no respondió. Abismado en su alma, la mirada inmóvil en un horizonte muy lejano, la punta de su lengua asomaba entre los dientes; hubiérase dicho que no respiraba. Permanecía sentado en actitud de profundo ensimismamiento, entregado a *Om*, el alma lanzada, cual una flecha, hacia Brahma.

Un día, tres samanas pasaron por el pueblo. Eran hombres flacos, agotados por las privaciones, ascetas en peregrinación. Imposible adivinar su edad. Tenían las espaldas cubiertas de sangre y de polvo, el cuerpo casi desnudo y escaldado por el sol. Siempre solitarios, extránjeros y hostiles para con el mundo, eran intrusos, flacos chacales en la sociedad humana. A su paso percibíase el hálito quemante de una pasión silenciosa, de una actividad destructora, de un duro desapego de sí mismos.

Por la noche, después de la hora consagrada a la contemplación, Siddhartha dijo a Govinda:

—Amigo mío, mañana a primera hora Siddhartha se unirá a los samanas. Él también será samana.

Al escuchar estas palabras Govinda palideció. En el rostro impasible de su amigo adivinaba una decisión sobre la cual sería tan difícil hacerlo volver como detener la flecha lanzada por el arco: «¡Vamos! —se dijo—, es el comienzo; Siddhartha marcha ahora hacia su destino y yo hacia el mío». Y su rostro tomó el color de una cáscara seca de banana.

—¡Oh, Siddhartha! —exclamó—, ¿te lo permitirá tu padre?

Siddhartha lo miró como alguien que despierta. Con la rapidez de una saeta que hiende el espacio, el joven leyó la ansiedad y el espíritu de obediencia que embargaban el alma de su amigo.

—Oh, Govinda —dijo quedamente—, no pronunciemos palabras inútiles. Mañana, con los primeros resplandores matinales, comenzaré mi vida de samana. No hables más de ello.

Siddhartha entró en la habitación donde su padre descansaba sobre una estera de mimbre. Avanzó por detrás de él y se detuvo a corta distancia, inmóvil, hasta que su padre sintió que alguien se encontraba allí. El brahmán preguntó entonces:

—¿Eres tú, Siddhartha? ¿Qué has venido a decirme?

Siddhartha respondió:

—Con tu permiso, padre, he venido a decirte que deseo abandonar la casa para unirme a los ascetas. Deseo ser samana. Quiera mi padre no oponerse a éste mi deseo.

Durante largo rato el brahmán guardó silencio. Por la pequeña ventana viose a las estrellas aparecer y cambiar de forma. Y el silencio persistía. Mudo e inmóvil, el hijo permanecía allí, con los brazos cruzados; mudo e inmóvil, el padre seguía sentado en su estera. En el cielo los astros continuaban su carrera. Por fin, el padre elevó la voz:

—No es propio de un brahmán —dijo— pronunciar palabras de violencia o de cólera, pero has indignado mi corazón. ¡Que no escuche que tu boca expresa semejante deseo por segunda vez!

El brahmán se levantó lentamente. Callado, los brazos cruzados, Siddhartha permanecía siempre en el mismo lugar.

—¿Qué esperas? —preguntó el padre.

Siddhartha respondió:

—Tú lo sabes.

Encolerizado, el brahmán abandonó la habitación y se encaminó a su alcoba. Al cabo de una hora, como el sueño huía de sus ojos, levantóse; dio unos pasos a lo largo y a lo ancho, luego salió de la casa. A través de la pequeña ventana vio a Siddhartha, de pie, con los brazos cruzados. Su clara túnica brillaba pálidamente en la noche. Con inquietud en el corazón regresó a su lecho.

Una hora más tarde se levantó, salió de la casa y contempló la luna. Volvió sus ojos hacia la ventana. Siddhartha estaba allí, de pie, inmóvil, los brazos cruzados. Un rayo de luna iluminaba sus piernas desnudas. Tornó el brahmán preocupado a su cama. Una hora más tarde se levantó de nuevo, y se levantó dos horas después. En la claridad lunar que se metía por la ventana miraba siempre el cuerpo erguido de su hijo, salpicado de luz de estrellas y de oscuridad. De hora en hora acudía, y al atisbar por la ventana lo veía de pie, rígido. Y su corazón llenábase de cólera, de miedo, de vacilación, de piedad.

Poco antes del día, al llegar la última hora de la noche, el padre penetró en la habitación y observó a su hijo. Le pareció crecido y extraño.

—¿Qué esperas, Siddhartha? —preguntó.

—Tú lo sabes, padre.

—¿Seguirás esperando así, de pie, hasta que se haga el día, hasta mediodía, hasta la noche?

—Esperaré, padre.

Te fatigarás, Siddhartha.

—Me fatigaré, padre.

—Te dormirás, Siddhartha. ·

—No me dormiré, padre.

—Te morirás, Siddhartha.

—Me moriré, padre.

—¿Y prefieres morir que obedecer a tu padre?

—Siddhartha siempre obedeció a su padre.

—¿Renuncias entonces a tu proyecto?

—Siddhartha hará lo que su padre le diga.

Los primeros haces de sol penetraban en el cuarto. Advirtió el brahmán que las piernas de Siddhartha comenzaban a temblar. Su rostro, en cambio, seguía impasible; la mirada perdida en lo lejano. Comprendió entonces el padre que su hijo no estaba más a su lado, sino lejos: que ya lo había abandonado. Posó la mano en el hombro del joven y le dijo:

—Irás a la selva y serás samana. Si allí encuentras la felicidad, vuelve, me la enseñarás. Si sólo hallas desilusión, vuelve, y juntos continuaremos sacrificando a los dioses. Ahora ve, besa a tu madre y dile que partes. En cuanto a mí, es hora ya de la primera ablución.

Retiró la mano del hombro de su hijo y salió. Al tratar de moverse Siddhartha tambaleó, pero obligó a sus miembros a obedecerle; inclinóse tras su padre y fue donde su madre.

Con los primeros rayos del sol, a paso lento abandonaba la ciudad todavía silenciosa. Una sombra se destacó de la última cabaña y unióse al peregrino: era Govinda.

—¿Vienes? —dijo Siddhartha sonriendo.

—Voy —respondió Govinda.

LOS SAMANAS

Por la tarde de ese mismo día alcanzaron a los ascetas y flacos samanas. Ofreciéronse a acompañarlos y a obedecerlos. Fueron aceptados. Siddhartha regaló sus vestidos a un brahmán pobre, conservando únicamente un taparrabo para cubrir su desnudez y una pequeña manta color de tierra.

No comía más que una vez por día, y nunca cocido. Durante quince días ayunó, y después durante veintiocho. Pronto no tuvo muslos ni pantorrillas. Ante sus ojos exorbitados aparecían visiones ardientes. Creciéronle uñas desmesuradas en manos y pies, y su mentón se cubrió de una barba desgreñada y seca. Cuando tropezaba con mujeres, su mirada se tornaba de hielo; su boca escupía desprecio al pasar cerca de personas bien vestidas. Vio a mercaderes que traficaban, príncipes que iban de caza, gente que lloraba a sus muertos, muchachas que se ofrecían, médicos que curaban a enfermos, sacerdotes que fijaban el día de la siembra, amantes que se amaban, madres que amamantaban a sus hijos, y nada de ello era digno de una mirada suya, todo mentía. Todo hedía a mal, a engaño, a simulación: la razón, la felicidad y la belleza no eran más que podredumbre encubierta. El mundo tenía un gusto bien amargo; la vida sólo era una tortura.

Un fin, uno sólo se presentaba a los ojos de Siddhartha; vaciar su corazón de todo contenido. Desgarrar de sí las aspiraciones, el deseo, los sueños, las alegrías, y los sufrimientos. Quería morir para sí mismo, no ser más él; buscar la paz en la nada de su alma; abrirse al milagro que esperaba aniquilando su propio pensamiento.

«Cuando haya vencido y exterminado mi yo en todas sus formas, se decía, cuando todas las pasiones y todas las tentaciones del corazón hayan enmudecido, entonces ocurrirá el despertar del ser interior y misterioso que no es mi yo y que alienta en lo más íntimo de mí».

Silencioso, Siddhartha exponíase a los rayos perpendiculares del sol. Agobiado por el dolor, consumido por la sed, permanecía, sin embargo, hasta no sentir más nada. Silencioso, soportaba los vendavales de la estación de las lluvias; el agua corríale desde los cabellos a los hombros temblorosos, sobre las caderas y las piernas, pero el penitente aguantaba, hasta que sus miembros ya no sintieran frío ni se estremecieran. Sin decir una palabra metíase por entre matorrales espinosos; sobre su piel ardiente la sangre se escurría mezclada con el pus de los tumores, pero Siddhartha obstinábase, y permanecía hasta el fin, hasta hacerse insensible a los pinchazos y a las quemaduras.

Con el cuerpo erguido aprendía a disminuir su respiración, a aspirar lo menos posible y a retener totalmente el aliento. Obrando sobre sus órganos respiratorios, habituóse a sosegar las pulsaciones de las arterias, a reducir los latidos del corazón al menor número posible, a casi nada.

Instruido por el más anciano de los ascetas, también aprendía Siddhartha a salir de sí mismo, poniendo en práctica las nuevas reglas de meditación de los samanas. Si un gavilán surcaba el cielo por sobre el bosque de bambúes, inmediatamente se identificaba con él, volaba en su compañía por selvas y montañas, comía peces, sufría su hambre, hablaba su lengua y moría su muerte. Un chacal muerto yacía sobre la arena del río, y al instante el alma de Siddhartha introducíase en el cadáver, se hinchaba, hedía, se pudría; mordisqueada por las hienas, despojada por los buitres, convertíase en esqueleto, en polvo que se desparramaba por el espacio. Y el alma de Siddhartha regresaba después de haberse visto muerta, descompuesta, reducida a polvo; había experimentado la turbia borrachera del ciclo de las transmutaciones. Presa de renovado frenesí acechaba ahora, como un cazador, la salida por dónde evadirse del círculo, el instante en que comenzaría el fin de las causas, la eternidad sin sufrimientos. Mató sus sentidos y sus recuerdos, escapó de su yo bajo mil formas distintas. Fue bestia, carroña, piedra, madera, agua; y cada vez, al despertar, se reencontraba. Brillara el sol o la luna, recobraba su yo, retornando una vez más a su desatinada carrera por el mismo círculo. Vuelta a ser presa de los deseos, los anonadaba, pero los deseos siempre renacían.

Muchísimas cosas enseñáronle los samanas a Siddhartha; innúmeros fueron los caminos que emprendió para alejarse de su yo. Creyó perderlo en el sendero del dolor, imponiéndose sufrimientos que lograba dominar: el hambre, la sed, la fatiga. Empeñóse en la vía de la meditación; trató de no pensar, extirpando de su espíritu las representaciones de los sentidos. Recurrió a todos estos ardides y a otros; mil veces deshízose de su yo, permaneciendo horas y días en el no-yo. Pero si todos estos caminos lo apartaban de su yo, asimismo traíanlo a él. Mil veces trató de huir, hundiéndose en la nada en figura de animal, de piedra; infaliblemente volvía. La hora inexorable hallaba a Siddhartha y a su yo a los rayos del sol o al claro de luna, al abrigo de los bosques o del cielo, y la tortura del círculo en el que estaba condenado a girar, recomenzaba.

A su lado vivía Govinda, su sombra, siguiendo idéntica senda, esforzándose a la par. Rara vez hablaban de cosas no relacionadas con su condición o sus deberes. En ocasiones iban por los pueblos para mendigar su sustento y el de sus maestros.

Un día, en tanto pedían juntos, Siddhartha preguntó:

—Dime, Govinda, ¿crees tú que hemos progresado? ¿Estaremos cerca de la meta?

Govinda respondió:

—Sabemos muchas cosas y aún aprenderemos más. Tú serás un gran samana. Tú te familiarizaste pronto con todas las prácticas e inclusive los más viejos samanas te admiran. Algún día, Siddhartha, serás un santo.

Siddhartha dijo entonces:

—No, amigo mío, creas que no. Cuanto me han enseñado los samanas hasta hoy, acaso lo hubiera aprendido más rápidamente y con menor pena en cualquier prostíbulo, o entre carreros y jugadores de dados.

Govinda replicó:

—Te burlas de mí. ¿Cómo hubieses aprendido allí, junto a esos miserables, a meditar, a retener tu respiración, a hacerte insensible al dolor y a soportar el hambre?

Y Siddhartha murmuró cual hablando consigo mismo:

—¿Qué es la meditación?, ¿abandonar el cuerpo?, ¿ayunar?, ¿retener la respiración?, ¿huir del yo? Sólo representa escapar por breves instantes a los tormentos del ser, adormecer por cierto tiempo el dolor y olvidar las extravagancias de la vida. Mas todo esto el boyero lo encuentra en la posada, bebiendo algunas copas de vino de arroz o de leche de coco fermentada. Se olvida entonces de sí mismo; insensible a todo, ya no siente la desesperanza del vivir. Su copa le otorga igual liberación que la que obtienen Siddhartha y Govinda cuando al precio de arduos esfuerzos escapan de la carne y viven en el no-yo. ¡Sí, Govinda, así es!

—¿Por qué hablar de este modo, amigo mío? —respondió Govinda—. Tú sabes bien que Siddhartha no es un boyero, y que un samana no es un borracho. Sin duda el bebedor se aturde; sin duda mediante el vino se evade de sí mismo y logra una corta tregua. Mas pronto retorna de su enajenación y todo es para él como antes. Nada ha ganado en sabiduría, ningún conocimiento ha adquirido, ni un escalón se ha elevado hacia el bien.

Sonriendo Siddhartha dijo:

—Lo ignoro, nunca he bebido. Pero una cosa es cierta, y es que a mí, Siddhartha, jamás mis prácticas y meditaciones me aportaron otra cosa que fugaces instantes de embotamiento, y que me hallo tan lejos de la sabiduría y de la liberación como lo estaba en el seno de mi madre. Lo sé, Govinda, lo sé.

Y una vez, al salir ambos amigos de la selva para mendigar en el pueblo el sustento de sus hermanos y maestros, Siddhartha, tomando la palabra, inquirió:

—Di, Govinda, ¿en verdad estaremos en el buen camino? ¿Nos acercamos a la sabiduría? ¿Llegaremos pronto a la liberación? ¿O giramos sin cesar en el mismo círculo vicioso... nosotros que tanto ansiamos evadirnos?

Govinda respondió:

—Mucho hemos aprendido, Siddhartha, pero mucho nos queda por aprender. No nos movemos en un círculo, nos elevamos al cielo, pues este círculo es una espiral y bastante alto hemos llegado ya.

Siddhartha continuó entonces:

—¿Qué edad crees tú que tiene el más viejo de los samanas, nuestro venerable maestro?

Govinda dijo:

—El más anciano de nosotros acaso tenga sesenta años.

Y Siddhartha repuso:

—Ha vivido sesenta años y todavía no alcanzó el Nirvana. Llegará a setenta, a ochenta años; también tú y yo nos haremos viejos, y continuaremos practicando, ayunando, meditando. Pero ni a él ni a nosotros nos será dado el Nirvana. ¡Oh, Govinda!, creo que jamás un samana ascendió al Nirvana. Nuestras consolaciones y nuestros olvidos pasajeros sólo son artificios engañosos. Lo esencial, el camino que entre todos nos conducirá a la meta, no lo hallaremos nunca.

—¡No pronuncies palabras tan terribles, amigo mío!
—exclamó Govinda—. ¿Cómo admitir que entre tantos y
tantos sabios brahmanes, samanas dignos y austeros, entre tantos hombres santos que con todas sus fuerzas buscan la buena senda no haya uno solo que triunfe?

Y Siddhartha le habló con voz dulce, honda de tristeza
e ironía:

—Tu amigo, Govinda, pronto abandonará el camino
de los samarias que por muchos días siguiera junto a ti.
La sed que me atormenta no logra mitigarse en este largo
sendero de los samanas. Siempre tuve sed de saber, infinidad de problemas me acosaban. Año tras año interrogué
a los brahmanes, a los Vedas sagrados, a los samanas pia-
dosos. ¡Oh, Govinda!, quizás hubiese sido tan cuerdo y
provechoso preguntar al cuervo o al chimpancé. Mucho
tiempo necesité para llegar por mí mismo a la cruel verdad que acaso no haya aún asimilado plenamente: nada
se puede aprender. Por cierto, creo que lo que llamamos
aprender no existe. Sólo hay un saber, y habita en todas
partes: es el Atman, que está en mí, en ti, en cada ser. He
aquí por qué comienzo a creer que no hay mayor enemigo
del saber verdadero que el querer saber a todo precio, que
el *aprender*.

Al oírlo Govinda se detuvo, levantó las manos y exclamó:

—¡Puedan tus palabras, Siddhartha, no angustiar mi
corazón! Mas engendran en mi alma un sentimiento de
inquietud. Pues, reflexiona un poco. Si todo es como tú
dices, si de nada sirve el aprender, qué significaría la santidad, la oración, qué sería de la dignidad del estado de

brahmán, de la santidad de los samanas. ¿Qué sería entonces, oh Siddhartha, de cuanto sobre la tierra hay de santo, de precioso, de venerable?

Y comenzó a recitar versos de un .

Aquel cuyo pensamiento ha sido purificado y que,
  por la meditación,
Se hunde en el Atman,
Siente en su corazón más alegría que lo que la
  palabra puede expresar.

Pero Siddhartha guardó silencio. Reflexionaba acerca de las palabras que Govinda le había dicho y sopesaba cada una de ellas. Sí, pensaba, ¿qué quedaría de todo lo que es sagrado a nuestros ojos? ¿Qué queda? ¿Cuánto de ello resiste a la prueba? Y sacudió la cabeza.

Un día —iban para tres años que los jóvenes compartían la vida de los samanas—, una nueva —¿era un rumor o una leyenda?— llegó hasta ellos por los caminos más apartados. Hablaba de un hombre: lo llamaban Gotama, el Sublime, el Buda. Había vencido en sí mismo los sufrimientos del mundo y detenido el ciclo de las reencarnaciones. Con sus discípulos recorría el país enseñando; desprovisto de todo, sin hogar, sin mujer, vestido con el manto amarillo de los ascetas, pero con la frente serena, feliz. Y los brahmanes y los príncipes se inclinaban ante él y convertíanse en sus discípulos.

Esta leyenda —rumor o cuento— se elevaba como un canto, se expandía por doquier cual un perfume. En las ciudades comentábanla los brahmanes, y los samanas en el bosque. Y siempre el nombre de Gotama, de Buda, resonaba en los oídos de los jóvenes. Acompañado de las alabanzas de aquellos que le decían bueno, y de los insultos de quienes le decían malo.

Al igual que en la región donde reina la peste se propaga el rumor de que aquí o allá hay un hombre, un sabio o un erudito cuya palabra o aliento bastan para curar a los enfermos del mal, y todo el mundo habla de él, creyendo unos, dudando otros, y poniéndose los terceros en camino para ir al encuentro del sabio, del salvador; de la misma manera la leyenda impregnada con el aroma de Gotama, del Buda, del sabio de la familia de los Sakya, cundía a través del país.

Los más altos conocimientos —decían los creyentes— le pertenecían; recordaba sus vidas anteriores, había alcanzado el Nirvana y no volvería más a la rueda de las existencias: ya no se confundiría con la corriente sombría de formas humanas. Se contaban de él historias maravillosas e increíbles: milagros, su triunfo sobre el diablo, sus conversaciones con los dioses. Por el contrario, sus enemigos y los incrédulos pretendían que Gotama sólo era un seductor vanidoso que pasaba sus días entre placeres, que despreciaba los sacrificios, que no poseía ningún saber e ignoraba las prácticas religiosas y las mortificaciones.

Dulce de escuchar era esta historia de Buda, y obraba cual un hechizo. El mundo se hallaba enfermo, la vida resultaba dura de soportar... y he aquí que una fuente parece brotar, he aquí que retumba, pleno de consolaciones, de ternura y de nobles promesas, el llamado mensajero. Doquier por las regiones de la India llegara un eco de

Buda los jóvenes aguzaban el oído, sentían nacer en ellos aspiraciones desconocidas, esperanzas. Los hijos de los brahmanes de las ciudades y de las aldeas acogían con afabilidad a cada peregrino y a cada extranjero que les aportaba novedades del Sublime, del Sakiamuni. Lentamente, gota a gota la leyenda filtróse hasta los samanas en el bosque, y cada gota estaba grávida de esperanzas y de dudas. Supieron de ella Siddhartha y Govinda; pero apenas la comentaron, pues el más anciano de los samanas no acordaba crédito a tales rumores: había oído decir que este pretendido Buda, que antaño fuera asceta en la selva, entregóse luego a una vida de placer y desenfreno. Harto menguada era su estima por este Gotama.

Un día, Govinda habló así a su amigo:

—Al pasar hoy por el pueblo un brahmán me invitó a entrar en su casa. Conocí allí al hijo de un brahmán de Magadha. Este joven vio a Buda con sus propios ojos y escuchó sus enseñanzas. ¡Y bien!, la emoción me cortaba el aliento y yo me decía: «Por qué no podré también yo, por qué no podremos los dos, Siddhartha y yo, escuchar la palabra de este hombre perfecto». Di, amigo, ¿y si fuéramos a aprender la doctrina de la boca del propio Buda?

Siddhartha respondió:

—Siempre creí, Govinda, que tú te quedarías junto a los samanas; siempre creí que hasta los sesenta y los setenta años mi amigo continuaría ejercitando las artes y las prácticas que son ornamento de los samanas. Mas ahora veo que no conocía bien a Govinda, que ignoraba cuánto ocurría en su corazón. ¿Quieres, pues, querido mío, emprender un nuevo camino?

Y Govinda dijo:

—Te complaces burlándote de mí. ¡Haz como quieras, Siddhartha! ¿Pero tú, tú mismo no sientes la necesidad, no experimentas el deseo de conocer tal doctrina? ¿Acaso tú mismo no me dijiste que pronto habrías de abandonar a los samanas?

Como a veces le sucedía, Siddhartha rompió a reír, y con voz ligeramente matizada de tristeza e ironía replicó:

—Has dicho bien, Govinda, tus recuerdos son exactos. Pero recuerda que asimismo te dije que había terminado por desconfiar y cansarme de las doctrinas y de cuanto se aprende, y que mi fe en las palabras de los maestros se ha tornado harto débil. Pero no importa, amigo mío. Hállome presto a escuchar dicha doctrina, si bien en lo profundo del corazón algo me dice que ya hemos recogido sus mejores frutos.

Govinda respondió:

—Me hace feliz el que te encuentres dispuesto a partir; mas dime, ¿cómo es posible que la doctrina de Gotama nos haya dado sus mejores frutos antes de que la conozcamos?

Siddhartha dijo:

—Contentémonos con gozar de esos frutos y esperemos, ¡oh, Govinda! ¡Por ahora debemos a Gotama el que nos haga abandonar a los samanas! ¿Podrá darnos algo mejor? Esto, amigo mío, esperémoslo con el corazón tranquilo.

El mismo Siddhartha comunicó al más anciano de los samanas su decisión de abandonarlos. Lo hizo con la deferencia y la modestia que conviene al discípulo y al alumno.

Pero el samana montó en cólera al saber que los jóvenes querían dejarlo, gritó y profirió insultos groseros.

Govinda se atemorizó y sintióse embarazado, pero Siddhartha acercó sus labios al oído de su amigo y le susurró:

—Ha llegado el momento de mostrar a este anciano lo que he aprendido junto a él.

Y plantándose muy próximo y bien de frente al samana se concentró en sí mismo; y apoderándose con su mirada de la del viejo, lo fascinó, lo volvió mudo, sin voluntad, imponiéndole la suya y mandándole cumplir sin protesta cuanto se le ordenara. El viejo calló, perdióse en el vado su mirada, su voluntad quedó paralizada y permaneció allí, impotente, con los brazos caídos. El poder de fascinación de Siddhartha habíalo vencido. Entonces los pensamientos de Siddhartha se enseñorearon de él, forzándolo a la obediencia. Y el viejo saludó inclinándose varias veces, esbozó gestos de bendición y murmuró felices augurios. Los jóvenes le agradecieron retribuyéndole los saludos; luego partieron. De camino, Govinda dijo:

—¡Oh! Siddhartha, mucho más de lo que yo creía has aprendido de los samanas. Es difícil, muy difícil dominar a un viejo samana. En verdad, de permanecer con ellos pronto hubieras caminado sobre el agua.

—Para qué habría yo de querer caminar sobre el agua —repuso Siddhartha—. ¡Dejemos estas satisfacciones a los viejos samanas!

GOTAMA

En la ciudad de Savathí, cada niño conocía el nombre del sublime Buda y en cada casa hallábanse prontos a colmar la escudilla de sus silenciosos discípulos. Gotama permanecía de preferencia en los alrededores de la ciudad, en el Jetavana, ofrenda de un rico mercader de nombre Anathapindika al Sublime y a sus discípulos en testimonio de su profunda veneración.

Tanto los relatos escuchados como los informes que pidieron condujeron hasta esta región a los dos jóvenes ascetas en busca de Gotama. No bien entraron en Savathí los habitantes de la primera casa les ofrecieron alimentos. Los aceptaron y Siddhartha inquirió de la mujer que se los tendía:

—Caritativa mujer, quisiéramos saber dónde se encuentra el Buda, el muy Venerable. Somos dos samanas de la selva y hemos llegado para ver a ese hombre perfecto y aprender de su propia boca la doctrina.

La mujer respondió:

—En verdad habéis arribado al buen lugar, samanas de la selva. Sabed, pues, que el Sublime vive en Jetavana, en el jardín de Anathapindika. Allí, oh peregrinos, podréis pernoctar; hay suficiente lugar para aquellos que, incontables, acuden de todas partes para escuchar de su propia boca la doctrina.

Govinda sintió que la alegría lo desbordaba y exclamó:

—Tanto mejor entonces, hemos alcanzado nuestra meta y nos hallamos al final de nuestro camino. Pero dinos, madre de los peregrinos, ¿conoces tú al Buda, qué sabes de él, lo has visto con tus ojos?

Y la mujer respondió:

—¡Muchas veces he visto al Sublime!; envuelto en su manto amarillo, tendía su escudilla a las puertas de las casas de los callejones y se marchaba sin decir una palabra.

Como hechizado, Govinda escuchaba ávidamente y hubiera querido preguntar todavía, pero Siddhartha le instó a seguir andando. Agradecieron a la mujer y se fueron. No necesitaron preguntar por el camino, pues un número crecido de peregrinos y monjes de la comunidad de Gotama se dirigían hacia Jetavana. Cuando llegaron la tarde había declinado, pero reinaba un continuo va y viene de gente que discutía, se llamaban, solicitaban albergue y lo obtenían. Nuestros dos samanas, habituados a la selva, pronto encontraron un lugar donde se instalaron calladamente y durmieron hasta la mañana. Al despuntar el sol asombráronse al ver la multitud de creyentes y curiosos que había pernoctado en ese lugar. Por todas las avenidas del magnífico parque se paseaban monjes de hábito amarillo; algunos estaban sentados bajo los árboles, aquí y allá, absortos en la meditación o entregados a doctas pláticas. Los umbríos jardines, colmados de gente que bullía cual abejas en un panal, semejaban una ciudad. La mayoría de los monjes se encaminaban hacia la ciudad con sus escudillas para pedir la comida del mediodía, la única de la jornada. El propio Buda, el Esclarecido, solía ir a mendigar por la mañana.

Siddhartha lo vio y lo reconoció inmediatamente, como si un Dios se lo hubiera señalado. Era un hombre simple, vestido de tela amarilla. Tenía una escudilla en la mano y marchaba en silencio.

—Mira —díjole Siddhartha suavemente a su amigo—, ¡el Buda! —Govinda contempló con atención a ese monje, vestido de amarillo, que en nada parecía distinto a los demás, y también lo reconoció:

—¡Es Él! —exclamó, y ambos lo escoltaron examinándolo con la mirada.

Abismado en sus pensamientos, el Buda proseguía su camino con aire modesto. Su plácido rostro no transparentaba alegría ni tristeza: parecía sonreír a su alma. Algo de niño dábale su sonrisa casi imperceptible y calma. Vestía como todos sus monjes, y al igual que ellos posaba el pie según la regla. Pero su rostro y su paso, su mirar sosegado, sus manos colgando tranquilas a los costados y cada uno de los dedos de sus manos trasuntaban paz, hablaban de perfección. Todo era suavidad en su inalterable serenidad, en su inalterable claridad, en su paz inviolable.

Y fue así que al encaminarse Gotama a la ciudad, ambos samanas lo reconocieron. La perfección de su figura, donde todo era luz y paz, de su porte sereno sin artificios y en el que no era posible descubrir el menor indicio de afanes o de afectación, distinguíanlo entre todos.

—Hoy escucharemos su doctrina de su propia boca —dijo Govinda.

Siddhartha no respondió. Poca curiosidad sentía por una doctrina que, creía él, no tenía mucho que enseñarle. Por otra parte, acaso la conociera ya, como asimismo Govinda, si bien a través de relatos de segunda o de tercera mano. Pero contemplaba atentamente la cabeza de Gotama, sus hombros, sus pies, la mano que colgaba tranquila, y parecíale que cada una de las falanges de sus dedos contenía una enseñanza, que decía y respiraba verdad; que la verdad emanaba de esa mano cual un perfume, que se reflejaba en ella como en un espejo. Este hombre, este Buda, era la serenidad misma hasta en los movimientos de su dedo meñique. Este hombre era un santo. Jamás Siddhartha había experimentado tal sentimiento de veneración hacia un mortal. Jamás había sentido tanto amor por un hombre.

Escoltaron al Buda hasta la ciudad y retornaron callados, pues tenían la intención de no tomar alimento alguno ese día. Vieron a Gotama a su regreso, lo vieron comer entre sus discípulos una merienda que no hubiera saciado a un pájaro, y lo vieron cuando se retiró a la sombra de los mangos.

Por la noche, una vez que el calor hubo menguado y la vida renació en los jardines, asistieron a la lección del Buda. Escucharon su voz; también ella era perfecta, también ella expresaba calma y paz en plenitud. Hablaba Gotama de la doctrina del sufrimiento, de sus orígenes, del camino a seguir para suprimirlo. Sus reposadas palabras fluían como un agua mansa y cristalina. Sufrir es vivir, el mundo está lleno de sufrimiento, mas nos es dado liberarnos y aquel que sigue el sendero de Buda lo logra.

Hablaba el Sublime, con voz dulce pero firme, de los cuatro artículos principales, de los ocho buenos senderos. Pacientemente recorría las etapas habituales de una enseñanza, los ejemplos, las repeticiones. Diáfana y reposada, su voz planeaba por encima de los oyentes como una luz, como un cielo estrellado.

Al terminar el Buda su lección era ya de noche. Algunos peregrinos deseosos de abrazar su credo se adelantaron y solicitaron ingresar en su comunidad. Gotama los acogía diciendo: «Habéis oído la doctrina tal como ella es anunciada. Aceptadla y recorred el mundo como hombres santos, para poner fin al sufrimiento». También Govinda, el tímido, dio un paso y dijo: «Yo también vengo a buscar un refugio junto al Sublime y en su doctrina». Pidió ser uno de los discípulos y fue aceptado.

Poco después, al retirarse a descansar el Buda, Govinda dirigióse a Siddhartha con energía:

—Siddhartha, nada me autoriza a hacerte un reproche. Ambos hemos escuchado al Sublime, ambos hemos oído su doctrina. Govinda la acepta y se refugia en ella. ¿Pero tú, amigo querido, no anhelas también tú iniciarte en el camino de la liberación? ¿Vacilas, quieres esperar aún?

Siddhartha pareció despertar al oír las palabras de su compañero. Durante largo rato clavó sus ojos en los de Govinda. Luego dijo con voz muy queda y totalmente exenta de ironía:

—Govinda, compañero mío, por fin has dado el paso decisivo, por fin has escogido tu ruta. Siempre fuiste mi amigo, Govinda, siempre marchabas un paso detrás de mí. A menudo yo pensaba: «¿No dará Govinda alguna vez un paso solo, sin mí, llevado por el impulso de su propia alma?» Y he aquí que ya eres un hombre y escoges por ti mismo tu camino. ¡Puedas seguirlo hasta el fin y encontrar tu liberación, amigo mío!

Govinda, que no había captado el sentido total de las palabras de Siddhartha, repitió con tono impaciente:

—¡Pero habla, por favor! Dime, pues de otra manera no puede ser, que también tú, mi docto amigo, abrazarás las doctrinas del Sublime.

Siddhartha apoyó la mano sobre el hombro de su camarada:

—¿No has escuchado el voto que formulé por ti, Govinda? Te lo repito: «¡Puedas seguir este camino hasta el fin y encontrar la liberación!»

Y en el mismo instante sintió Govinda que su amigo ya se había alejado de él, y comenzó a llorar.

—¡Siddhartha! —gritó gimiendo.

Siddhartha le habló amistosamente:

—No olvides que desde ahora eres un samana de Buda. Has renunciado a tu heredad y a tus padres, a la riqueza y a la propiedad; has renunciado a tu propia voluntad, has renunciado a la amistad. Así lo quiere la doctrina del Sublime. ¡Mañana, oh Govinda, te abandonaré!

Durante largo rato todavía los dos amigos pasearon por el bosque, durante largo tiempo permanecieron acostados sin poder dormir. A cada instante Govinda pedíale a Siddhartha que le dijera qué motivos le impedían abrazar la doctrina de Gotama, y qué hallaba en ésta de reprochable. Pero Siddhartha rehusaba siempre.

—Cálmate, Govinda —le decía—, la doctrina del Sublime es excelente. ¿Qué podría yo reprocharle?

Al despuntar el día, uno de los más viejos discípulos de Buda atravesó el jardín llamando a los neófitos para entregarles el hábito amarillo e instruirles en los primeros preceptos y deberes de su nuevo estado.

Constriñéndose, Govinda besó una vez más a su amigo de infancia y se unió al cortejo de novicios.

Absorto en sus pensamientos, caminó Siddhartha hacia el bosque. Topóse allí con Gotama, el Sublime. Al saludarlo con respeto, su mirada de bondad y mansedumbre le infundió coraje y pidió al Venerable permiso para dirigirle la palabra. El Buda accedió silenciosamente.

Siddhartha dijo:

—¡Ayer, oh Sublime, escuché tu maravillosa doctrina! Para ello vine desde muy lejos con mi amigo. Ahora mi amigo se quedará entre los tuyos; se ha refugiado en ti. En cuanto a mí, retomaré mi bastón de peregrino.

—Como te plazca —dijo cortésmente el Venerable.

—Mi lenguaje es sin duda demasiado audaz —prosiguió Siddhartha—; pero no quisiera alejarme del Sublime sin haberle expresado mis sentimientos con toda sinceridad. ¿Consentirá el Venerable en escucharme todavía un instante?

El Buda hizo un silencioso signo de aquiescencia. Siddhartha le dijo entonces:

—Hay algo, oh Venerable, que por sobre todo he admirado en tu doctrina. Todo, en ella, está perfectamente claro, cabalmente demostrado. Presentas el mundo como una cadena perfecta, que nada interrumpe jamás, una cadena

infinita de causas y efectos. Nunca existió sabiduría más
acabada, ni expuesta de manera tan irrefutable. Por cierto que los brahmanes deben sentir que su corazón se es-
tremece de alegría al comprender el mundo a través de
tu doctrina, este mundo que forma un todo perfecto, sin
la menor laguna, transparente cual el cristal y que no se
halla a merced ni del azar ni de los dioses. ¿Es bueno?
¿Es malo? ¿Es en él la vida sufrimiento, o felicidad? Poco
importa; quizá no sea esto lo esencial..., pero la unidad
del mundo, el encadenamiento de cuanto en él transcu-
rre, el que todas las cosas, grandes y pequeñas, estén
involucradas en la misma corriente, en la misma ley de
las causas, del «devenir» y del «morir», todo ello surge
con luminosa nitidez de tu enseñanza sublime. ¡Hombre
perfecto! Empero, según tu propia doctrina, la unidad y la
concatenación de todas las cosas se quiebra en un punto,
por una pequeña brecha penetra en este mundo que habría
de ser todo unidad, algo extraño, algo nuevo que antes
no existía y que no puede ser mostrado ni demostrado:
tu enseñanza de cómo vencer al mundo, de cómo libe-
rarse de él. Pero basta esta pequeña laguna, esta pequeña
brecha, para destruir toda aquella infinita unidad de leyes
y para que se dude de ella. Espero que me perdones esta
objeción.

Impasible, en silencio, haíale escuchado Gotama, el
hombre perfecto. Después comenzó a hablar con su voz
afable y clara:

—¡Oh, hijo de brahmán, escuchaste la doctrina y mucho dicen en tu favor tus profundas reflexiones! Has ad-
vertido una laguna, un defecto. Reflexiona todavía, pero

en tu ansia de saber cuídate de la intrincada maleza de las opiniones y de las disputas acerca de palabras. Poco importan aquí las opiniones; pueden ser hermosas o feas, prudentes o alocadas, quienquiera las puede aceptar o rechazar. Mas mi doctrina no es una opinión y su objeto no es explicar el mundo a los ávidos de saber, sino completamente otro: liberar al hombre del sufrimiento. ¡Esto es lo que Gotama enseña, y nada más!

—No te enfades conmigo, oh Sublime —dijo el joven—, no ha sido para discutir contigo, ni para provocar una disputa sobre palabras, que te hablé de ese modo. Tienes razón al decir que poco importan las opiniones. Pero permíteme agregar algo más. Ni por un instante dudé de ti, ni por un instante dudé de que fueses Buda, que hubieras alcanzado la meta en pos de la cual se esfuerzan miles de brahmanes. ¡Tú has logrado liberarte de la muerte! Y esta liberación, fruto de tus propias búsquedas sobre tu propio camino, la alcanzaste mediante el pensamiento, la meditación, el conocimiento y la iluminación. No por la doctrina. Y pienso, ¡oh Sublime!, que nadie llegará a la liberación merced a una doctrina. A nadie, oh Venerable, podrás comunicar por la palabra y la doctrina tu instante de iluminación. Muchas cosas encierra la doctrina del gran Buda. Muchas cosas enseña: comportarse honestamente, evitar el mal. Pero esta doctrina, tan esclarecida y respetable, no dice el secreto de lo que el Sublime mismo ha vivido, él sólo, entre centenares de miles de seres humanos. Esto es lo que he pensado y discernido al escucharte. Y es también por esta razón que continuaré mis peregrinaciones... no para buscar otra doctrina, pues sé que no existe mejor, sino para alejarme de todas las doctrinas y de todos los maestros. He de alcanzar solo mi objetivo o morir. Pero a menudo, oh Sublime, a menudo recordaré este día, esta hora en que me fue dado contemplar a un santo.

Los ojos calmos de Buda miraron hacia el sol, en tanto su rostro impenetrable brillaba con serenidad perfecta...

—Puedan tus pensamientos —dijo lentamente el Venerable— no ser errores. Puedas llegar a tu meta. Mas dime: ¿has visto a mis samanas, a todos mis hermanos que han venido a buscar asilo en mi doctrina? ¿Y crees tú, samana extranjero, que les convendría dejarla y volver a la vida y a los placeres del mundo?

—¡Lejos de mí tal pensamiento —exclamó Siddhartha—; que sigan todos fieles a tu doctrina y logren su meta! No me reconozco el derecho de juzgar sobre la vida de los demás. No tengo opinión más que sobre mí mismo; y soy yo el único a quien corresponde juzgarme, escoger, rehusar. Nosotros los samanas, oh Sublime, cuanto buscamos es la liberación. Si yo fuera uno de tus discípulos, hombre Venerable, acaso —y es lo que me temo— mi yo encontraría el reposo y la liberación sólo en apariencia, mientras que, por el contrario, en realidad continuaría viviendo y creciendo. Pues tu doctrina, mis adeptos, mi amor por ti, la existencia común con los monjes habríanse convertido en mi yo.

Sonriendo a medias, Gotama fijó sobre el joven extranjero su mirada inmutablemente clara y plena de amistad, despidiéndose luego con un gesto imperceptible al par que le decía:

—¡Eres inteligente, oh samana! ¡Evidencias en tu hablar suma prudencia y grande saber. Mas cuídate de no exagerar!

Alejóse el Buda, y sus ojos y su imperceptible sonrisa se grabaron para siempre en la memoria de Siddhartha.

«En ningún hombre, decíase Siddhartha, he visto porte y gestos semejantes. Por qué no podré yo mirar, sonreír, sentarme y caminar como él, con naturalidad, dignidad, modestia, franqueza, ingenuidad y misterio iguales. En verdad, únicamente el hombre que ha logrado penetrar en el interior de su ser posee tanta grandeza en sus modos. ¡Y bien, también yo procuraré penetrar en el mío!»

Siddhartha pensó todavía: «Es el único hombre ante el cual he debido bajar la mirada. Pero desde ahora no la bajaré ante nadie. Ninguna doctrina me seducirá, puesto que ni la del Sublime lo ha conseguido. ¡Mucho me ha quitado el Buda, mucho!, pero más me ha dado en retorno. Ha apartado de mí a Govinda, que creía en mí y ahora cree en él; Govinda, mi sombra, se ha convertido en la sombra de Gotama. ¡Pero me ha dado a Siddhartha, a mí mismo!»

DESPERTAR

Al abandonar el bosque, donde dejaba a Gotama, el Ser perfecto, y a Govinda, Siddhartha se percató que al mismo tiempo se desgarraba de él toda su vida pasada. Este sentimiento, que lo llenaba por entero, ocupaba su mente mientras caminaba a pasos lentos. Reflexionaba profundamente. Sumergíase en dicho sentimiento como en el agua, hasta tocar fondo, es decir, hasta desentrañar las causas; pues en ello, parecíale, consiste el verdadero pensar. Sólo así los sentimientos se truecan en ciencia, y en lugar de disiparse toman forma e irradian su esencia.

Marchaba pausadamente Siddhartha y reflexionaba. Vio que ya no era más un joven, que se había transformado en un hombre. Vio asimismo que algo habíase desprendido de él, como la piel de la serpiente; que algo que le había acompañado en su juventud, que le había pertenecido, ya no existía en él: el deseo de tener maestro y escuchar sus preceptos. Había tenido que separarse, sin poder aceptarlo, del último maestro que encontrara en su camino, el más grande y sabio de los maestros, el más santo, Buda. Ensimismado, movíase apenas y se preguntaba:

«¿Qué, pues, habrías querido aprender con ayuda de doctrinas y de maestros, que ellos mismos, que tanto te

han enseñado, no podían empero darte?» Y halló esta respuesta: «Quería saber el sentido y la esencia del yo. El
yo, del cual ansiaba deshacerme, al que deseaba aniqui-
lar. Mas no fui capaz de ello. Únicamente me fue posible
engañarlo, huirle, disimularme a él. ¡Ah!, en verdad nada
ha ocupado mis pensamientos al igual que mi yo, nada se
enseñoreó jamás de mí al par del enigma de mi existencia, de que vivo, de que soy uno, separado de los otros,
aislado, en una palabra, de que yo soy Siddhartha. Sin
embargo, nada hay en el mundo que conozca tan poco
como a mí mismo, como a Siddhartha».

El viajero, que pensativo avanzaba con lentitud, se
detuvo de repente. De aquel pensamiento había nacido
otro: «Que nada sepa de mí, que Siddhartha haya sido
tan extraño y desconocido para él, procede de una causa única: ¡me temía a mí mismo, huía de mi propio ser!
Buscaba el Atman, a Brahma. Hallábame dispuesto a di-
secar mi yo, a arrancarle cada una de sus escamas, a fin
de descubrir en sus honduras el núcleo que recubrían, el
Atman, la vida, lo divino, lo último. Pero en cambio me
perdí a mí mismo». Siddhartha levantó la mirada y miró
alrededor suyo; una sonrisa jugó en su rostro y en todo su
ser tuvo la sensación de un hombre a quien el despertar
arranca bruscamente de sus sueños. Poco después, volvió a ponerse en marcha, rápidamente, como alguien que
sabe hacia dónde va.

«¡Oh!, pensó, respirando a pleno pulmón, mi Siddhartha no se me escapará más. No me pondré ya, para pensar y hasta para vivir, a buscar el Atman y a inquietarme
por los sufrimientos del mundo. Dejaré de torturarme el

espíritu y el cuerpo con el propósito de descubrir un secreto tras de las ruinas. Basta de Yoga-Veda y Atharva-Veda.
Ni los ascetas, ni ninguna doctrina me enseñarán nada
desde hoy. Seré mi propio alumno y de mí sólo aprenderé.
Por mí mismo llegaré hasta el misterio de Siddhartha».

Contempló el mundo que lo rodeaba como si lo viera
por primera vez. ¡Hermoso era el mundo! Variado, extraño, enigmático, azul y amarillo aquí, allá verde. Las
nubes se deslizaban por el cielo y el río corría sobre la
tierra. El bosque y las montañas que se perfilaban en el
horizonte, todo era bello, misterioso y encantador. Y en
medio del mundo, él, Siddhartha, despierto, en camino
hacia sí mismo.

Todas estas cosas, una a una, el amarillo, el azul, el
río, el bosque, se le entraban por los ojos hasta el alma.
No eran ya el hechizo de Maras, no era ya el velo de
Maya, la diversidad occidental y desprovista de sentido
del mundo fenoménico, indigna del pensamiento profundo del brahmán que lo desprecia y sólo busca su unidad.
Para él, ahora, el azul era el azul, el río era el río, y aunque en su espíritu perviviera la idea de la unidad y de la
divinidad de este azul y de este río, no menos divino era
el ser amarillo acá y azul acullá, el ser cielo, el ser bosque, como también lo era él, Siddhartha, en este lugar. El
sentido y el *ser* no eran elementos que residían en algún
lugar detrás de las cosas, sino que estaban en ellas mismas, en todo.

«Qué sordo y limitado he sido, pensaba alargando el
paso. Al leer un escrito cuyo sentido quiere penetrarse
no se desdeñan los signos ni las letras, no se ve en éstos

un señuelo, un efecto del azar, una envoltura vulgar; se los lee, se los estudia letra por letra, se los ama. Yo, en cambio, ansioso de leer en el libro del mundo y en el libro de mi propio ser, menosprecié sus signos y letras en virtud de un sentido que les atribuí de antemano; llamaba ilusión cuanto veía de los fenómenos del universo; fenómenos accidentales e insignificantes mi vista y mis otros sentidos. ¡No, esto ya no existe, estoy despierto, estoy despierto por completo, hoy he nacido!»

Así reflexionaba Siddhartha, cuando de repente se detuvo en seco como si una serpiente hubiera atravesado por su camino. Algo se le había ocurrido súbitamente: puesto que era ya otro hombre, debía comenzar una vida completamente nueva. Por la mañana de ese mismo día, al alejarse del bosque de Jetavana donde dejara al Sublime, próximo a su despertar y en busca de sí mismo habíale parecido natural retornar a su hogar, junto a su padre, después de sus años de ascetismo. Mas ahora, otra idea se imponía con vigor a su espíritu despierto: «No soy el que era; he dejado de ser asceta, tampoco soy sacerdote o brahmán. ¿Qué haré, pues, en mi casa junto a mi padre? ¿Estudiar? ¿Sacrificar? ¿Entregarme a la meditación? No, todo esto ha terminado, ha salido para siempre de mi camino».

Inmóvil, Siddhartha permanecía allí, parado, y por un instante, apenas el lapso de una aspiración, sintió frío en el corazón; percatóse a qué punto se hallaba solo y sintió que algo, semejante a un pequeño animal, pájaro o liebre, se helaba en su pecho. Durante años careció de hogar y ni siquiera reparó en ello. Ahora sí. Inclusive en los momentos de más profunda abstracción había sido el hijo de su padre, un brahmán, un intelectual, un hombre respetado. Ahora era únicamente Siddhartha, el despierto, nada más. Aspiró aire con todas sus fuerzas y durante un momento tiritó. Su soledad era absoluta. No existía un solo noble que no tuviese relaciones con otro noble, ni un obrero que no conociese a otros obreros, a quienes pudiese recurrir, cuya existencia compartir; no existía un solo brahmán que, como tal, no contase entre los brahmanes y no viviese con ellos, ni un asceta que no encontrara un refugio junto a los samanas. Tampoco el eremita más solitario del bosque se hallaba solo, pues, aunque aislado, también él pertenecía a algo: su estado le unía a la humanidad. Govinda se había hecho monje y otros monjes de hábito, creencias y lenguas idénticos, eran sus hermanos. Mas él, Siddhartha, ¿a quién, a qué pertenecía? ¿Qué vida compartiría? ¿Qué lengua hablaría?

En este instante parecióle que el mundo se hundía en la nada. Mas al sentirse perdido como una estrella en el cielo, al sentir que su corazón se helaba y su coraje flaqueaba, se endureció, se irguió más fuerte, más que nunca en posesión de su yo. Había comprendido que esta última experiencia suya era el postrer estremecimiento del despertar, el último espasmo del nacer. Volvió entonces a ponerse en marcha, rápidamente, con la impaciencia de un hombre urgido de llegar, ¿a dónde? No lo sabía; pero no era a su hogar, ni al de su padre.

SEGUNDA PARTE

KAMALA

A cada paso que daba en su camino, Siddhartha aprendía algo nuevo, pues el mundo habíase transformado para
él y el encanto transportaba su corazón. Vio cómo el sol
se levantaba sobre las montañas boscosas y tocaba el poniente más allá de las lejanas palmeras de la ribera; admi-
ró durante la noche el hermoso orden de las estrellas en
el cielo y la media luna que semejante a un barco flotaba
en el espacio. Vio árboles, astros, animales, nubes, arco
iris, rocas, plantas, flores, arroyos y ríos; contempló el
centelleo del rocío entre los matorrales, altas montañas
de un pálido azul en la lejanía del horizonte, pájaros can-
tores, abejas, arrozales plateados que ondulaban al soplo
del viento. Todas estas cosas y mil otras, de los colores
más diversos, siempre habían existido. Siempre brillaron
el sol y la luna, siempre murmuró el río y zumbaron las
abejas. Mas todo esto Siddhartha lo había visto a través
de un velo mendaz y efímero, del que desconfiaba y al
que su razón debía apartar y destruir, ya que la realidad
no residía allí sino más allá de las cosas visibles. Ahora
sus ojos desengañados se detenían más acá de estas cosas,
las veían tales como son, se familiarizaba con ellas sin
preocuparse por su esencia y por lo que ocultaban, trataba

de descubrir el rincón del mundo donde detendría sus pasos. ¡Qué bello era el mundo para quien lo contemplaba así, ingenua y simplemente, sin otro pensamiento que gozarlo! ¡Qué espléndidos la luna y el cielo! ¡Qué nuevos los arroyos y sus riberas! ¡Y el bosque, y las cabras, y los escarabajos dorados, y las flores y las mariposas! ¡Cuánto bien hacía caminar así, libre, ágil, despreocupado, el alma confiada y abierta a todas las impresiones! El sol que ardía en su frente era otro, y otros también la frescura del bosque, el agua de la fuente y de las cisternas, el sabor de las calabazas y de las bananas. Los días y las noches pasaban sin que se diera cuenta. Las horas se deslizaban cual un velero sobre las olas y cada una de ellas le aportaba tesoros de alegría. Siddhartha vio cruzar una manada de monos por la cúpula verde de la floresta, sobre las ramas más altas, y aguzó el oído para escuchar sus gritos salvajes. Vio, entre los juncos de un estanque, cómo el voraz sollo se aprestaba a la caza nocturna, y a una multitud de pececillos huir enloquecidos y relucientes entre los torbellinos fugitivos que la bestia de presa trazaba en el agua y que daban una impresión de fuerza y de furia irresistibles.

Nada de esto era nuevo, pero jamás lo vio Siddhartha; su pensamiento lo alejó siempre. Ahora, próximo a estas cosas, sentíase parte de ellas. La luz y las sombras habían encontrado el camino de sus ojos, la luna y las estrellas el de su alma.

De camino, Siddhartha recordaba el jardín de Jeta, la doctrina del divino Buda, el adiós a Govinda, su plática con el Sublime. Cada una de las palabras del Sublime volvía a su espíritu y se asombraba el joven al advertir que en ese entonces habló de cosas que él mismo ignoraba. Habíale dicho a Gotama que el verdadero tesoro y el secreto del poder de Buda no eran su doctrina misma, sino ese algo inexpresable que ninguna ciencia enseñaba y que el Sublime viviera en la hora de su iluminación. Y era justamente para vivirlo también él —ya había comenzado— que partió. Desde mucho tiempo atrás sabía que su yo y Atman eran uno solo, de la misma esencia eterna que Brahma. Mas nunca pudo él encontrar realmente este yo, porque siempre había intentado aprisionarlo entre las mallas del pensamiento. Era evidente que el cuerpo, juguete de los sentidos, no era el yo, y que tampoco lo era el pensamiento, ni la razón, ni los conocimientos adquiridos, ni el arte aprendido de inferir conclusiones o de forjar pensamientos nuevos con los antiguos. ¡No, este mundo del espíritu también pertenecía al «más acá», y destruir el yo accidental de los sentidos a nada conducía si, en cambio, se lo continuaba nutriendo con pensamientos y saber! Los pensamientos y los sentidos ciertamente eran cosas buenas, se los debía escuchar, sin hacerles excesivo caso o demasiado poco, y a través de ellos sorprender la secreta voz interior. Los mandatos de esta voz regirían los afanes de Siddhartha; únicamente haría Siddhartha lo que ella le aconsejara. ¿Por qué, un día, en aquella hora que las abarca todas, sentóse Gotama bajo el árbol y la iluminación vino a él? En su corazón habló una voz que le ordenaba ir y reposar allí, bajo ese árbol; y no hubo de recurrir ni a mortificaciones, ni a sacrificios, ni a abluciones. Tampoco necesitó de la oración, de los ayunos, del sueño o de la ensoñación. ¡Gotama sólo obedeció a la voz! Someterse así, no a una orden exterior, sino sólo a una voz, estar listo, he aquí lo que importaba. Todo lo demás carecía de significación.

Pasó la noche Siddhartha en la cabaña de paja de un botero, junto a un río. Allí soñó que Govinda, cubierto con el hábito amarillo de los ascetas, de pie ante él, preguntábale con voz triste: «¿Por qué me has abandonado?» Entonces Siddhartha lo abrazó. Pero al atraerlo contra sí advirtió que ya no era Govinda, sino una mujer; y de entre la ropa de esta mujer asomaba un pecho contra el que Siddhartha se apretaba y saciaba su sed; y la leche de ese seno era dulce y fuerte. Su gusto tenía algo del hombre y de la mujer, del sol y de la selva, de la bestia y de la flor, de los frutos y del placer. Embriagaba y volvía inconsciente.

Cuando Siddhartha despertó, las pálidas aguas del río proyectaban débiles resplandores por la puerta de la cabaña, y en la selva resonaba, estridente y claro, el graznido tétrico del mochuelo.

Al despuntar el día, Siddhartha solicitó de su huésped, el botero, que lo llevara a la orilla opuesta. Embarcáronse en una armadía de bambú. La claridad del alba matizaba con tintes rojizos las ondas del río.

—Es un hermoso río —dijo a su compañero.

—Sí —respondió el botero—, es un río muy hermoso, y yo lo amo por sobre todo. A menudo lo escucho, a menudo leo en sus aguas, y siempre me enseña algo. Muchas cosas sabe este río.

—Gracias, bienhechor mío —le dijo Siddhartha al pisar sobre la otra ribera—. Por tu hospitalidad, amigo mío, no puedo ofrecerte regalo ni pago alguno. No tengo patria ni hogar. Soy un samana, hijo de un brahmán.

—Lo sé —repuso el botero—. Nada esperé de ti. Otra vez me pagarás.

—¿Lo crees así? —preguntó Siddhartha riendo.

—Ciertamente. ¡Todo vuelve, me ha dicho el río! También tú, samana. Por ahora, buen viaje. ¡Que tu amistad sea mi pago! Acuérdate de mí cuando sacrifiques a los dioses.

Separáronse sonriendo. La amistad y la bondad del botero habían hecho feliz a Siddhartha. «Es como Govinda, pensó, todos aquellos que encuentro en mi camino son como Govinda. Todos tendrían derecho a agradecimientos y, por el contrario, todos me testimonian gratitud. Todos se muestran serviciales y únicamente piden obedecer, ser nuestros amigos; pocos reflexionan. En verdad, los hombres son niños».

Hacia mediodía llegó a una aldea. En el camino, ante las cabañas, algunos niños correteaban entre el polvo jugando con pepitas de calabazas y cáscaras, gritaban y se pegaban, pero al ver al samana extranjero huyeron alarmados. En el extremo de la aldea el camino conducía a un arroyo, a la vera del cual una mujer joven arrodillada lavaba ropa. Siddhartha la saludó; levantó ella la cabeza y lo miró sonriendo con una sonrisa en la que chispeaba el blanco de los ojos. A la usanza de los viajeros llamó sobre ella la bendición del cielo y le preguntó si todavía era largo el trecho hasta la gran ciudad. Alzóse ella entonces y dio un paso hacia el joven. Su hermosa boca de labios húmedos brillaba en su rostro adolescente. Cambió algunas bromas con Siddhartha, le preguntó si ya había comido, si era verdad que los samanas dormían solos por la noche en la selva y les estaba prohibido tener mujeres consigo. Al mismo tiempo, apoyó su pie izquierdo sobre el derecho del joven, adoptando la pose provocadora de la mujer que invita al hombre a ese juego de amor que en los libros se llama «trepar al árbol». Siddhartha sintió que su sangre se encendía toda en anhelos, y en ese preciso instante su sueño resurgió en su espíritu. Se inclinó lentamente hacia la mujer y besó su pezón moreno. Al mirarla vio un rostro lánguido y risueño y en sus ojos entornados leyó el ansia que la consumía. Igual deseo abrasaba a Siddhartha, y estremecía todas las fibras de su ser. Pero era ésta la primera vez que se hallaba junto a una mujer y tuvo un momento de vacilación, cuando por instinto ya se aprestaba a tomarla entre sus brazos. Y en ese segundo una voz escalofriante gritó en su alma, diciendo no. Bruscamente se desvaneció el hechizo que emanaba del rostro sonriente de la mujer, y en las pupilas de ella sólo percibió el húmedo brillo de la hembra en celo. Acarició suavemente su mejilla, volvióse, y con paso ágil desapareció en el bosque de bambúes, dejándola allí, temblorosa y decepcionada.

Hacia la tarde del mismo día llegó a una gran ciudad y se sintió feliz, pues experimentaba la necesidad de ver gente. Durante varios años había vivido en la selva, y la cabaña de paja del botero donde durmiera la víspera fue su primer techo en mucho tiempo. A las puertas de la ciudad, en las proximidades de unos jardines cercados, tropezó con un cortejo de sirvientes cargados de canastas. En medio de ellos, cuatro hombres transportaban un palanquín de palio multicolor, a cuya sombra se hallaba sentada una mujer, la señora. Siddhartha se detuvo a contemplar el cortejo. Ante él pasaron los sirvientes llevando las canastas y el palanquín. Bajo una abundosa cabellera negra, peinada en alto, vio un rostro de piel tersa y transparente, muy delicado, muy inteligente, una boca de rojo vivo de higo recién abierto, cejas cuidadosamente pintadas en forma de parábola, ojos negros, alegres y sutiles; un cuello esbelto que asomaba de un corpiño recamado en verde y oro, manos tranquilas, de dedos suaves y largos, con anchos brazaletes de oro en las muñecas.

Vio Siddhartha cuán hermosa era y su corazón se regocijó. Saludó inclinándose al pasar el palanquín a su lado, y al erguirse clavó su mirada en el rostro dulce y claro de la mujer; leyó un instante en las inteligentes pupilas sombreadas por largas pestañas, aspiró un hálito perfumado, desconocido para él. Sonriendo, la hermosa señora hizo un vago gesto de cabeza y desapareció tras el vallado con su servidumbre a la zaga.

«¡Vamos!, pensó Siddhartha, por cierto que mi entrada en esta ciudad tiene lugar bajo gratos presagios». Sintió deseos de penetrar inmediatamente en el jardín, pero reflexionó y sólo entonces reparó en el desprecio y la desconfianza con que lo miraban los sirvientes.

Se dijo: «Todavía soy un samaria, un ascota, un mendigo. Pero no lo seré siempre; no entraré así en este parque». Este pensamiento le hizo reír. A la primera persona que encontró en su camino le interrogó acerca del parque y de la dama. Supo que se trataba de Kamala, la célebre cortesana, y que además de esos jardines poseía una casa.

Entró en la ciudad. Ahora tenía una meta, y, sin perderla de vista, quiso primero saborear el encanto de la ciudad, impregnarse lentamente de él. Durante toda la tarde deambuló por el dédalo de callejuelas, se estacionó en las plazas, descansó en las escalas de piedra. Por la noche conoció a un barbero a quien viera trabajar a la sombra de una cúpula; lo había encontrado orando en el templo de Vishnu y le relató la historia de Vishnu y de Lakschni. Durmió a orillas del río, cerca de las embarcaciones, y al amanecer, antes de que los primeros clientes llegaran a la barbería, se hizo afeitar y cortar los cabellos; luego se los peinaron y untaron con aceite fino. Después se bañó en el río.

Cuando, al declinar la tarde, la hermosa Kamala llegó en su palanquín al parque, Siddhartha se hallaba a la entrada; se inclinó y recibió el saludo de la cortesana. En seguida llamó al último de los servidores y le pidió que comunicara a su señora que un joven samaria deseaba hablarle. El servidor volvió al cabo de un instante y lo instó a seguirle. Silenciosamente lo introdujo en un pabellón donde Kamala yacía en un lecho de reposo y lo dejó solo con ella.

—¿No eres tú el que ayer me saludó a la entrada de mi jardín? —preguntó la mujer.

—Sí, ayer te vi y te saludé.

—Pero ayer tu barba y tus cabellos estaban crecidos, y sucios de tierra.

—Así es, nada escapa a tu mirada. Soy Siddhartha, hijo de un brahmán. Abandoné mi hogar para hacerme samana y lo fui por espacio de tres años. Me aparté luego de esa senda y mis pasos me trajeron a esta ciudad. Tú eres la primera mujer que encontré a sus puertas, y he venido a decirte ¡oh Kamala!, que eres la única a quien Siddhartha habló de otro modo que con la mirada baja. Desde hoy jamás bajaré la vista frente a una mujer hermosa.

Kamala sonrió jugueteando con su abanico de plumas de pavo real.

—¿Y bien —preguntó—, es sólo para decirme esto que Siddhartha ha venido a verme?

—Para decirte esto, sí, y también para expresarte mi agradecimiento por tu hermosura. Y si me lo permites, Kamala, te pediré que seas mi amiga y que me instruyas, pues aún ignoro por completo el arte en el que tú eres maestra.

Al oír estas palabras Kamala estalló en carcajadas.

—Es por cierto la primera vez, amigo mío, que un samana deja su selva y llega hasta mí para que lo instruya. Jamás me ocurrió recibir a un samana de largos cabellos que lleva por toda vestimenta un taparrabo raído. Muchos jóvenes vienen a verme, hijos de brahmanes algunos. Pero visten ricamente y calzan finas sandalias; sus cabellos están perfumados y sus bolsas bien provistas. Así son, amigo samana, los jóvenes que yo recibo.

Siddhartha dijo:

Ya me has enseñado algo. También ayer aprendí una cosa. Me deshice de mi barba, peiné mis cabellos y los unté con óleo. Lo que todavía me falta, ¡oh, mujer deliciosa!, es poco: bellos vestidos, calzado fino, dinero en mi bolsa. Sabes que Siddhartha intentó cosas más arduas que ésta, y que siempre triunfó. ¿Cómo no habría de lograr lo que ayer se propuso?, ser tu amigo y aprender las alegrías del amor. Verás, Kamala, cuán dócil seré. He aprendido cosas mucho más difíciles que las que tú me enseñarás. ¿Entonces, no te basta Siddhartha en su estado actual, con sus cabellos aceitados pero sin vestidos, sin calzado y sin dinero?

Kamala respondió entre risas.

—No, mi querido, no me basta. Es necesario que tengas lindos vestidos y zapatos, mucho dinero en tu bolsa y regalos para Kamala. Ya lo sabes, samana de la selva. ¿No lo olvidarás?

—¡No! —exclamó Siddhartha—. ¡Cómo olvidaría yo palabras venidas de labios semejantes! Tu boca, ¡oh Kamala!, diríase un higo fresco recién abierto. También mi boca es roja y fresca y se ajustará bien con la tuya. Mas dime, bella Kamala, ¿no temes al samana de la selva que ha venido a ti para que le enseñes el amor?

—¿Por qué tendría yo miedo de un samana, de un estúpido samana de la selva, cuya única compañía han sido los chacales y que ni siquiera sabe lo que es una mujer?

—¡Oh!, el samana es fuerte, nada lo amedrenta. Podría forzarte, hermosa mujer, podría raptarte, podría hacerte mal.

—No, samana..., no es esto lo que yo temo. ¿Acaso un samana o un brahmán recelan jamás que se los asalte a fin de arrebatarles su ciencia, su piedad, sus pensamientos profundos? No; pues son parte de sí mismo, y sólo hace don de ellos a quien le place. Igual ocurre con Kamala y los placeres del amor. La boca de Kamala es bella y

encarnada, pero trata de besarla contra su voluntad y de
esta boca que sabe prodigar delicias no sorberás la menor
dulzura. Tú deseas aprender, Siddhartha, y bien, aprende
aún esto: ¡el amor puede mendigarse, comprarse, darse, re-
cogerse en la calle, pero no se roba! Mal camino es el que
piensas emprender: No, en verdad sería lamentable
que un hermoso joven como tú empezara tan mal.

Siddhartha se inclinó sonriendo:

—Tienes razón, Kamala, sería lamentable, muy lamentable. No; nadie dirá que perdí una gota de las mieles
de tu boca, ni tú de la mía. Entendido; Siddhartha volverá
cuando tenga lo que aún le falta: vestidos, calzado y dinero. Pero dime, dulce Kamala, ¿podrías darme todavía
un consejo?

—Un consejo, ¿por qué no? ¿Quién lo rehusaría a un
pobre e ignorante samana de la selva, compañero de los
chacales?

—Aconséjame pues, querida Kamala; ¿dónde debo
dirigirme para hallar con premura las tres cosas?

—Muchos quisieran saberlo, amigo mío. Utiliza tus
conocimientos para ganar dinero y así podrás comprar
vestidos y zapatos. Es el único recurso que tiene el pobre.
¿Y qué sabes hacer tú?

—Sé reflexionar. Sé esperar. Sé ayunar.

—¿Nada más?

—Nada. ¡Oh, sí, también sé hacer versos! ¿Me paga-
rías con un beso una poesía?

—Con amor te lo daré si tu poesía me gusta. Te escucho.

Después de meditar un instante Siddhartha recitó:

Hallábase el joven y moreno samana
a las puertas del jardín umbroso,
y al paso de Kamala, la bella flor de loto,
inclinóse profundamente; la bella le sonrió;
y entonces dijo él en su corazón:
Bueno es sacrificar a los dioses,
pero es infinitamente mejor hacerlo a Kamala la
espléndida.

Kamala aplaudió tan fuerte que sus pulseras de oro chocaron unas contra otras.

—Tus versos son bellos, ¡oh samana moreno! Nada pierdo pagándolos con un beso. —Lo atrajo hacia ella con la mirada y, cogiendo entre las manos el rostro del joven, tomó los labios de éste en los suyos, que sabían a higo fresco, y reventó en ellos un largo beso. Siddhartha, embelesado, sintió con qué arte le enseñaba ella lo que era un beso, cuánta era su habilidad, cómo lo alejaba un instante para luego recomenzar; y cómo al primero seguía una larga serie de otros besos, bien ordenados y de increíble refinamiento, y cada uno de ellos, sin embargo, diferente de los demás. Siddhartha permanecía allí, de pie, jadeante, azorado como un niño al vislumbrar ahora el alcance de la ciencia de su iniciadora, que tanto interés tenía en aprender.

—Muy bellos son tus versos —exclamó Kamala—. Si fuera rica te los pagaría en monedas de oro. Pero te será harto difícil ganar con ellos el dinero que precisas, pues mucho se requiere para ser amigo de Kamala.

—¡Qué bien besas, Kamala! —dijo Siddhartha con voz dolorida de amor.

—Sí, lo sé, y gracias a ello poseo vestidos, calzado, joyas y toda suerte de cosas agradables. Pero tú... ¿qué será de ti si toda tu ciencia se limita a reflexionar, ayunar y hacer versos?

—¡Oh! también conozco los himnos del sacrificio —dijo Siddhartha—, pero ya no quiero cantarlos. Asimismo conozco las fórmulas del encantamiento, pero no quiero volver a pronunciarlas. He leído los escritos...

—¿Cómo? —interrumpió Kamala—, ¿sabes leer?... y ¿escribir?...

Ciertamente, y no soy el único...

—La mayoría no lo sabe. Tampoco yo. Te servirá de mucho. En cuanto a las fórmulas mágicas, acaso te serán útiles.

En ese momento llegó corriendo una de las criadas y susurró unas palabras al oído de su señora.

—Tengo visitas —dijo Kamala—; apresúrate a desaparecer, Siddhartha, y que nadie te vea aquí, ¿me has comprendido? Mañana te recibiré.

Ordenó luego a la doncella que le diera una túnica blanca al piadoso brahmán. Antes de que se diera cuenta de lo que le ocurría, Siddhartha se vio arrastrado por pasadizos ocultos que lo llevaron hasta un pabellón del jardín donde se le entregó una túnica; después lo empujaron a través de plantas y arbustos y con tono imperioso se le invitó a que se alejara aprisa del bosquecillo, y que procurara no ser visto.

Con corazón feliz cumplió cuanto se le ordenaba. Habituado a la selva, franqueó el vallado sin hacer el menor ruido y regresó alegre a la ciudad, llevando enrollada la

túnica bajo el brazo. Llegado que hubo a una posada, se
paró ante la puerta y sin hablar dio a entender que se hallaba hambriento. Le dieron un trozo de pastel de arroz
que recibió en silencio. Quizás mañana, confióse a sí mismo, a nadie he de pedir mi sustento; pero de improviso
un sentimiento de orgullo vibró en él. Ya no era samana,
mendigar érale infamante. Arrojó a un perro su pastel de
arroz y se abstuvo de alimento.

«Harto simple es la vida en este mundo, decíase Siddhartha. Presenta pocos obstáculos. Cuando aún era samana,
todo me resultaba espinoso, duro, y al fin y al cabo no conducía a nada. Ahora las cosas son simples, agradables, como
la lección del beso de Kamala. ¿Qué es lo que me hace falta?
¿Vestidos y dinero? Semejantes objetivos están muy cerca y
son fáciles de alcanzar; no molestarán mi sueño».

Solicitó que le indicaran la ubicación de la casa de Kamala en la ciudad, y a ésta encaminó sus pasos la mañana
siguiente.

—Esto anda bien —exclamó ella apenas lo divisó—.
Kamaswami, el más rico mercader de esta ciudad, te espera. Si le caes en gracia, te tomará a su servicio. Muéstrate
hábil, moreno samana. Logré que otros le hablaran de ti.
Condúcete amablemente; es un hombre poderoso. Pero
tampoco seas en exceso modesto, no quiero que haga de ti
un sirviente, sino que te conviertas en su igual. Entonces
estaré contenta de ti. Kamaswami va envejeciendo y ama
la comodidad. Si le agradas, tendrás toda su confianza.

Riendo, Siddhartha le agradeció, y al saber ella que
desde la víspera no había comido nada, ordenó traer pan
y frutos y le sirvió.

—Una buena estrella te escolta —expresó Kamala al despedirse—; todas las puertas se abren ante ti, unas después de las otras. ¿Cómo explicarlo? ¿Posees algún hechizo?

Siddhartha contestó:

—Te decía ayer que sabía reflexionar, esperar y ayunar, aunque a tu opinión ello no servía para nada. Verás, empero, Kamala, que es sumamente útil, y comprenderás que allá en sus selvas los estúpidos samanas aprenden multitud de cosas que vosotros, aquí, ignoráis totalmente. Anteayer, Siddhartha sólo era un mendigo de cabellos desgreñados; ayer besó a Kamala; pronto será un mercader adinerado, rico de todas aquellas cosas a las que tú asignas tanto precio.

—Convengo —dijo la mujer—, ¿mas cuál habría sido tu suerte sin Kamala? ¿Qué sería de ti si yo no te ayudara?

—Querida Kamala —dijo Siddhartha, irguiéndose en toda su estatura—. Yo di el primer paso. Era mi intención que la más hermosa de las mujeres me iniciara en el amor. A partir del momento en que tomé esta determinación, sabía que la cumpliría. Sabía que tú me ayudarías: lo sabía desde tu primera mirada a la puerta del parque.

—¿Y si yo no hubiera querido?

—Pero lo has querido. Escucha, Kamala. Si arrojas una piedra en el agua, baja hasta el fondo por el camino más corto. Igual ocurre cuando Siddhartha se propone alcanzar una meta. Siddhartha no se mueve: espera, reflexiona, ayuna; pero pasa a través de las cosas del mundo como la piedra desciende por el agua, sin hacer nada, sin moverse. Su meta lo atrae y él no tiene más que dejarse ir; nada susceptible de distraerlo toca su alma. Esto es lo que Siddhartha aprendió con los samanas, lo que los imbéciles llaman magia y hechura de demonios. No existe magia tal, pues no existen demonios. Quien sabe reflexionar, esperar y ayunar logra su objetivo. Y a cada uno le es dado hacer esas tres cosas.

Kamala lo escuchaba. Amaba su voz; amaba el resplandor de sus ojos.

—Acaso sea como tú dices, amigo mío —susurró Kamala—. Pero acaso sea porque Siddhartha es un hombre hermoso y sus pupilas gustan a las mujeres. Acaso la suerte le sonría por esta razón.

Siddhartha despidióse con un beso:

—¡Pueda siempre ser así, señora mía! ¡Que siempre te gusten mis ojos! ¡Que siempre hagas tú mi felicidad!

ENTRE LOS HOMBRES

Siddhartha se dirigió a la lujosa mansión de Kamaswami. Los criados guiáronle por corredores preciosamente tapizados hasta una habitación donde le dijeron que aguardara. Kamaswami entró. Era un hombre ágil, de modales escuetos. Sus cabellos empezaban a encanecer profusamente. En sus ojos se adivinaba sagacidad y prudencia; su boca decía sensualidad. El señor y el visitante se saludaron amigablemente.

—Me han dicho —comenzó el mercader— que eres un brahmán, un sabio que desearía entrar a mi servicio. ¿Tratas de colocarte a causa de que te encuentras en la indigencia?

—No —respondió Siddhartha—, no estoy ni jamás he estado en la indigencia. Vengo de donde los samanas, con quienes viví largo tiempo.

—¿Cómo no hallarte necesitado entonces? ¿Acaso los samanas no viven en la selva y se privan de todo?

—En efecto —replicó Siddhartha—, carezco de todo, si con ello entiendes que no poseo nada. Pero es por mi voluntad; por lo tanto, no estoy en la indigencia.

—¿Pero de qué piensas vivir, si nada tienes?

—Todavía no he reflexionado al respecto. Durante más de tres años carecí de todo y nunca me lo pregunté.

—¿Entonces los hombres te alimentaron?

—Sin duda fue como tú dices. Pero también el mercader vive de los bienes de sus prójimos.

—De acuerdo, pero nada toma gratuitamente de los demás; en trueque de lo que le dan les proporciona mercadería.

—Sí, dicen que ocurre de esta manera. Unos toman y otros dan; en ello parece consistir la vida.

—Pero permíteme: ¿Tú no tienes nada, qué quieres dar, entonces?

—Cada uno da lo que tiene. El guerrero su fuerza, el mercader su mercancía, el maestro su saber, el labrador su arroz, el pescador sus pescados.

—Perfectamente. Mas veamos, ¿y tú? ¿Tienes algo que dar?

—Sé reflexionar, sé esperar, sé ayunar.

—¿Es todo?

—Sí, creo que es todo.

—¿Y de qué te sirve? ¿El ayuno, por ejemplo?

—Para muchas cosas, señor. Si un hombre carece de comida, ¿qué mejor que ayunar? Si Siddhartha no hubiera aprendido a ayunar, veríase obligado a aceptar un trabajo cualquiera, en tu casa o en otra parte, pues el hambre lo forzaría a ello. Pero siendo Siddhartha como es, puede esperar tranquilamente: no conoce la impaciencia ni la necesidad. Aunque el hambre lo acose duramente, se reirá de él. He aquí, señor, para qué sirve el ayuno.

—Tienes razón, samana. Espera un instante. —Kamaswami salió y regresó con un pliego de papel que tendió a su visitante.

—¿Eres capaz de leer esto?

Siddhartha consideró el pliego en el cual figuraba un contrato de venta y leyó su texto.

—Perfecto —dijo Kamaswami—. Y ahora, ¿quieres escribir algo?

Le entregó una hoja y un estilete. Siddhartha escribió en ella y luego la devolvió.

Kamaswami leyó: «Bueno es escribir, mejor es pensar; la habilidad es grata, pero mejor es la paciencia».

—Escribes muy bien —elogióle el mercader—. Hemos de conversar acerca de muchas cosas todavía. Por hoy desearía que fueras mi huésped y permanecieras en esta casa.

Siddhartha aceptó y le agradeció. A partir de ese día habitó en la mansión de Kamaswami. Trajéronle vestidos y calzado. Cada mañana un criado le preparaba su baño. Diariamente servíanse dos copiosas comidas, pero Siddhartha únicamente comía una vez y jamás carne. Tampoco bebía vino. Kamaswami le hablaba de sus negocios, le mostraba mercaderías, facturas. Así aprendió Siddhartha muchas cosas; escuchaba atento y hablaba poco. Siguiendo la recomendación de Kamala, nunca se subordinó al mercader: lo obligó a tratarle como a un igual y hasta como algo más. Kamaswami ocupábase de sus negocios con cuidado y a menudo hasta con pasión. Por el contrario, Siddhartha consideraba todo esto como un juego cuyas reglas se esforzaba por aprender con exactitud, pero que en el fondo lo dejaba completamente frío.

Al poco tiempo ya intervenía en los negocios en forma directa. Pero todos los días reuníase con la hermosa

Kamala, a la hora que ella le indicaba. Adornábase con
sus mejores y más finos trajes y sandalias. Pronto comenzó a llevarle regalos. Mucho fue lo que la pequeña e inteligente boca roja y la mano suave y diestra de la cortesana
le enseñaron. En amor era el joven ignorante a la par de
un niño, y gustoso de precipitarse ciegamente en los deleites de los sentidos como en aguas sin fondo. Le enseñó
Kamala a no tomar un placer sin devolver otro; que cada
gesto, cada caricia, cada contacto, cada mirada debían tener su razón, y que un secreto peculiar, cuyo descubri-
miento significaba una alegría para quien poseía el arte de
descubrirlo, se escondía en los más pequeños rincones del
cuerpo. También aprendió Siddhartha que después de cada
fiesta de amor los amantes no debían separarse sin haberse admirado mutuamente, con la impresión de haber sido
vencidos en la misma medida en que vencían; y que por
sobre todo no se debía suscitar en la pareja ese desagra-
dable sentimiento de saciedad desmedida y de abandono,
que pudiera hacer creer en un abuso por parte de uno o de
otro. Innúmeras horas de encanto pasó así el joven junto
a la hermosa y sagaz cortesana, cuyo alumno, amante y
amigo era a la vez. En esta intimidad residían para él todo
el valor y todo el sentido de su vida, no en el comercio de
Kamaswami. El mercader le encargó su correspondencia
y los contratos importantes, y discutía con él todos los negocios serios. Pronto diose cuenta que Siddhartha no entendía mucho de arroz, lana, navegación o permutas, pero
que tenía la mano feliz y que le era muy superior en calma
y sangre fría, así como en el arte de escuchar y de leer
el pensamiento de los demás. «Este brahmán, confiábale

a un amigo, no es lo que suele llamarse un mercader, nunca lo será. No pone la menor pasión en los negocios. Mas es uno de aquellos hombres que poseen el secreto del éxito, sea porque ha nacido bajo buena estrella o porque dispone de un hechizo o de alguna otra cosa que le enseñaron los samanas. Para él, los negocios sólo representan una diversión. Jamás penetra cabalmente en su sentido, jamás le preocupa ni teme un fracaso; una pérdida, por cuantiosa que sea, lo deja por completo indiferente».

El amigo aconsejó entonces al mercader:

—Pues acuérdale una tercera parte de las ganancias, pero hazle soportar las pérdidas en la misma proporción. Acaso de este modo logres más interés de su parte.

Kamaswami siguió el consejo, pero no consiguió que Siddhartha se tornara un ápice más fervoroso. Si los negocios arrojaban ganancias, las aceptaba; si se trataba de pérdidas, reíase de ellas, contentándose con decir: «Caramba, nos ha ido mal». En efecto, parecía que en nada le concernía la marcha de los negocios. En cierta ocasión trasladóse a una aldea a fin de comprar una gran cosecha de arroz. Al llegar, ésta ya había sido adquirida por otro mercader. Siddhartha, sin embargo, quedóse varios días en la aldea, obsequió a los campesinos, regaló a sus niños monedas de cobre, asistió a un matrimonio, y regresó muy contento. Kamaswami le reprochó no haber vuelto en seguida y haber perdido su tiempo y su dinero. Siddhartha le respondió:

—Cesa en tus recriminaciones, querido amigo, nada consigues. Si hay pérdida, yo la sobrellevaré. Mi viaje me ha hecho muy feliz. Conocí toda clase de gente, entablé amistad con un brahmán, hice jugar a los niños sobre mis rodillas, los campesinos me mostraron sus campos, y nadie me tomó por un mercader.

—Muy bien, muy bien —prorrumpió Kamaswami, irritado—, ¿pero no eres en realidad comerciante? ¿O quizás fuiste a la aldea en tren de diversión?

—Claro está —contestó Siddhartha, jocoso—, ¿para qué hubiese ido si no? Vi gente nueva y tierras desconocidas. Se me testimonió respeto y confianza y me hice de amigos. Fíjate, querido amigo, si yo hubiese sido Kamaswami, al ver fracasado mi negocio hubiera partido inmediatamente, rezumando despecho y tanto mi tiempo cuanto mi dinero se habrían perdido. Al obrar como lo hice, pasé unos días gratos, enriquecí mis conocimientos, complacíme, y ni mi mal humor ni mi precipitación me perjudicaron, ni a mí, ni a los demás. Y si el azar quiere que un día tome yo por esos lares, acaso para comprar otra cosecha o por algún otro motivo, personas amables y alegres me recibirán con cariño, y me felicitaré por no haberles dado muestras de disgusto ni evidenciado premura por abandonarlos. Vamos, amigo mío, consuélate, y no te hagas mal a ti mismo enojándote. Si algún día crees que Siddhartha te perjudica, una sola palabra tuya bastará para que éste vuelva a su camino. Pero hasta entonces, vivamos en feliz compañía.

En vano fue que el mercader tratase de convencer a Siddhartha de que, al fin de cuentas, era su pan, el de él, Kamaswami, que comía. Siddhartha pretendía comer su propio pan, o más bien, que ambos comían el pan de los demás, el de todos. Jamás Siddhartha prestaba oídos a las quejas de Kamaswami, al que constantemente asaltaban muchos resquemores. Si un negocio en curso amenazaba ir mal, se perdía un envío de mercaderías o un deudor parecía no poder pagar, nunca Kamaswami lograba persuadir a su socio de que por ello fuese útil desahogarse en palabras de arrepentimiento o cólera, fruncir las cejas y perder el sueño. Cierta vez que Kamaswami le observó que cuanto sabía se lo debía a él, Siddhartha respondió:

—¿Quieres burlarte de mí reclamándome semejantes tonterías? Tú me informaste acerca del precio de una canasta de pescado, y qué intereses cabe exigir por el dinero prestado. A ello se reduce toda tu ciencia. No eres tú quien me enseñó a pensar, mi buen Kamaswami. En cambio, tú sí que podrías aprenderlo de mí.

Indudablemente sus pensamientos no estaban en el comercio. Pero algo bueno le proporcionaba éste: dinero para Kamala, y aun mucho más del que necesitaba. Por otra parte, Siddhartha casi no se interesaba más que en aquellas personas cuyos negocios, profesión, preocupaciones, diversiones y locuras le fueran en días lejanos por completo extraños, y con los cuales ni siquiera había soñado jamás. No obstante su gran facilidad para hablar con unos y otros, vivir con ellos y sacarles provecho, percibía en sí mismo algo que lo alejaba, y este algo era su antigua condición de samana. Veía a los hombres como niños o animales que se abandonaban a la vida, que se dejaban vivir, y esto motivábale placer y desprecio a la vez. Veíalos atormentarse, sufrir y envejecer por alcanzar cosas que, en su opinión, carecían de valor: dinero, un pobre y mezquino placer, escasos honores; veíalos pelearse, insultarse.

Escuchaba cómo se quejaban de dolores que hubieran hecho sonreír a un samana, y sufrir por privaciones en las
que un samana ni siquiera repararía.

Siddhartha era accesible a todo y a todos. El vendedor
que le ofrecía tela, el cliente, el endeudado que buscaba
un préstamo, el mendigo que durante una hora le relata-
ba la historia de su pobreza, insignificante parangonada
con la de un samana, a todos acogía amablemente y expresaba su bienvenida. No trataba mejor al rico mercader
extranjero que al sirviente que lo afeitaba o al pequeño
frutero ambulante que le estafaba al venderle bananas. Si
Kamaswami llegaba para contarle sus preocupaciones o
hacerle reproches a propósito de un negocio, lo escuchaba con expresión curiosa y regocijada, le comunicaba su
asombro, trataba de comprenderlo, le daba algo de razón,
justo lo suficiente para no contrariarlo; luego volvíase hacia el primero que deseaba hablarle. Muchísimas personas
acudían a él; para engañarlo algunos, otros a fin de sonsa-
carle, otros para implorarle piedad, otros para pedirle su
consejo. Y Siddhartha les asesoraba, se compadecía de
ellos, les hacía regalos, a veces simulaba dejarse engañar.
Y todo este juego, que apasiona a los hombres, llenaba su
pensar como antaño los dioses y Brahma.

De tiempo en tiempo sentía, muy en la hondura de su
pecho, una voz débil y semejante a la de un moribundo,
que le prevenía suavemente, tan suavemente que apenas
la distinguía. Entonces, por espacio de una hora, su conciencia le recriminaba su vida extravagante y el ocuparse
en cosas indignas. Sin duda tenía momentos de buen humor, de alegría inclusive; mas veíase forzado a reconocer

que la vida, la vida verdadera, se deslizaba a su lado sin rozarle. Jugaba con sus negocios y con las personas de su medio, como un jugador con los bolos; seguíalos con la mirada y esto lo divertía, aunque sin tocar su corazón o la fuente de su alma que escurriéndose invisible iba a perderse en alguna parte, bien lejos de su vida. Estos pensamientos lo asustaban a veces, y entonces hacía votos porque también a él le fuera posible apasionarse, porque pudiera poner un poco de sí en tales puerilidades, a fin de vivir realmente, de actuar realmente y de gozar con plenitud, en lugar de mantenerse a la distancia y ser sólo un espectador. Todo esto no le impedía visitar diariamente a la bella Kamala, quien le enseñaba el arte del amor y lo ejercitaba en el culto del placer, dónde más que en cualquier otro, dar y recibir son una sola y única cosa. Conversaba con ella, se instruía, le daba consejos y a su vez los recibía. Kamala lo comprendía mejor que antiguamente Govinda; muchas más afinidades existían entre ambos amantes. Un día Siddhartha le dijo:

—Tú, Kamala, eres como yo. Tú no te pareces a la mayoría de las criaturas. Eres Kamala, y nada más. Y en ti hay un asilo de paz donde a tu grado puedes refugiarte. También a mí me es dado hacerlo. Pocos son los hombres que poseen este recurso, y sin embargo todos podrían hacerlo.

—No todos los hombres son inteligentes —dijo Kamala.

—No —respondió Siddhartha—, no se trata de inteligencia. Kamaswami lo es tanto como yo, empero ningún refugio halla en su alma. Otros, en cambio, que en punto a inteligencia no son más que niños pequeños, disfrutan de él. Casi todas las criaturas, ¡oh Kamala!, se asemejan a la hoja que al caer se arremolina en el aire, vuela y zozobra en todas direcciones antes de arrastrarse por el suelo. Por el contrario, algunas, las menos, son similares a estrellas: siguen una ruta fija, ninguna borrasca las desvía. En sí mismas llevan sus leyes singulares. Entre todos los sabios y samanas que conocí, sólo existe uno de esta clase, un ser perfecto, cuyo recuerdo jamás se me borrará. Es Gotama, el Sublime, el creador de la doctrina que tú conoces. Millares de jóvenes lo escuchan a diario y, hora tras hora, tratan de obedecer sus preceptos; pero todos son como esas hojas que caen: ninguno lleva en su alma su doctrina y su ley propias.

Kamala lo contempló sonriendo.

—Veo que aún hablas de Gotama —le dijo—, y que tus ideas de samana vuelven a dominarte.

Por un instante Siddhartha guardó silencio. Después se entregaron a un juego de amor, uno de los treinta o cuarenta juegos distintos que conocía Kamala. El cuerpo joven de Siddhartha era ágil como el del jaguar y flexible como el arco del cazador; y aquel a quien Kamala aleccionara en el amor podía jactarse de conocer sus más misteriosos atractivos. Durante largo tiempo jugó con Siddhartha. Tan pronto lo atraía hacia ella seduciéndolo, tan pronto lo rechazaba para volver en seguida a provocarlo; lo detenía en sus impulsos, lo domaba, lo envolvía con su cuerpo, contenta de los progresos de su alumno. Y el juego continuaba hasta que el joven cayera extenuado a su lado. Entonces Kamala se inclinaba sobre él, y contemplaba tiernamente su rostro y sus ojos agotados.

—De todos los hombres que he conocido —decíale pensativa— eres tú quien mejor ama. Eres el más vigoroso, el más ágil, el más dócil. Has aprovechado bien mis lecciones, Siddhartha. Dentro de algunos años he de tener un hijo tuyo. Sin embargo, querido mío, en el fondo sigues samana. No me amas. Tú no amas a nadie. ¿No es así?

—Es posible —dijo Siddhartha con voz fatigada—. Yo soy como tú. Tampoco tú amas. ¿De otro modo cómo podrías hacer del amor un arte? ¡Acaso el amar sea imposible para seres como nosotros! Otros hombres lo pueden, y éste es su secreto.

SANSARA

Durante largo tiempo Siddhartha vivió la vida del mundo y de los placeres, pero sin entregarse a ella. Sus sentidos, que casi mataran los años de dura existencia con los samanas, despertaron: saboreó la riqueza, la voluptuosidad, el poder. No obstante, como la sutil Kamala lo adivinara exactamente, había permanecido samana en su corazón. El arte de pensar, de esperar y de ayunar continuaba rigiendo su vida. Los seres humanos entre quienes vivía le eran tan extraños como él mismo lo era para ellos.

Los años pasaban. Envuelto en la molicie de esta existencia, Siddhartha casi no reparaba en ello. Rico desde largo tiempo atrás, poseía también una casa, criados, y un parque en las afueras de la ciudad, a orillas del río. La gente lo quería, y acudía a él si necesitaba auxilio o consejo; mas nadie, excepto Kamala, era admitido en su intimidad.

La penetrante y suave sensación de despertar que lo conmovió, en plena expansión de juventud, en los días que siguieron al sermón de Gotama y a su separación de Govinda, aquella tensión de todo su ser expectante de lo por venir, el orgulloso aislamiento de todo maestro y de toda doctrina, la aguda percepción de una voz divina en su propio corazón; todo ello sólo era para Siddhartha un recuerdo lejano del cual casi nada pervivía. El rumor de la fuente sagrada que antiguamente parecía brotar junto a él, que llegó a escuchar en sí mismo, era ahora lejana y poco menos que imperceptible. Cierto que mucho de lo que aprendiera con los samanas, de lo que Gotama y su padre el brahmán le enseñaron, perduró en su alma a través de luengos años: la sobriedad, el placer de pensar, las largas meditaciones, el comercio familiar con su yo, ese eterno yo sin cuerpo ni conciencia. Algunas de estas cosas subsistían, pero unas tras otras iban perdiéndose en el olvido. Así como la rueda del alfarero que una vez puesta en movimiento continúa girando y sólo vuelve al reposo poco a poco, así en el alma de Siddhartha la rueda del ascetismo, la rueda del pensar y del discernimiento giraba y giraba todavía, pero con tal lentitud que a cada instante parecía que iba a detenerse. Al igual que la humedad se infiltra paulatinamente en el tronco de un árbol enfermo, se expande por doquier y lo pudre, el mundo y la indolencia se internaron en el alma de Siddhartha, invadiéndola: la entorpecían, la fatigaban, la adormecían. En desquite, sus sentidos volvieron a la vida; a través de ellos aprendió mucho y enriqueció singularmente su experiencia.

Siddhartha era ahora un hábil mercader; sabía usar su poder sobre los hombres y divertirse con la mujer. Lucía vestidos hermosos, tenía numerosos sirvientes y se bañaba en aguas perfumadas. Aficionóse a platos delicadamente aderezados (también comía pescado, carne, aves, especias y dulces) y al vino que torna perezoso y hace

olvidar. Jugaba a los dados y al ajedrez, deleitábase con
el arte de las bailarinas, viajaba en palanquín y dormía
sobre un lecho mullido. Pero siempre sentíase distinto de
sus prójimos, superior a ellos, siempre los consideraba
con un dejo de ironía, con algo del desprecio burlón del
samana hacia aquellos que viven en el mundo. Cuando
Kamaswami se hallaba indispuesto, de mal humor, ofen-
dido o atormentado por preocupaciones comerciales, Siddhartha lo contemplaba con un aire de desdeñosa piedad.
No fue sino muy lenta e insensiblemente, a medida que
transcurrían la estación de las cosechas y la de las lluvias,
que su ironía comenzó a fatigarse y a embotarse el sentimiento de superioridad del que blasonaba. También fue
muy despacio que Siddhartha, en medio de sus riquezas
en constante aumento, asimiló algo de los modos de los
demás hombres, de su puerilidad y de su pusilanimidad.
Empero, los envidiaba, y su envidia crecía a medida que
se les asemejaba más. La importancia que atribuían a su
existencia, la pasión que ponían en sus placeres y en sus
penas, la felicidad ansiosa pero dulce que encontraban en
sus eternos afanes amorosos, todo esto faltaba en él por
completo. Los hombres se apegaban cada vez más a sí
mismos, a sus mujeres y a sus niños, al honor o al dinero, a sus proyectos o a sus esperanzas. Y justamente
esto, la alegría ingenua, la locura inocente de los hombres, resultábale imposible; únicamente apropióse de
aquello que los volvía feos y que despreciaba sobremanera. Ocurríale cada vez con más frecuencia que después
de haber pasado una velada en sociedad, por la mañana
yaciera largo rato en el lecho, embotado y fatigado. En

ocasiones, la ira y la impaciencia se enseñoreaban de él cuando Kamaswami lo aburría con sus quejas. A veces reía desaforadamente al perder en el juego de dados. Aunque raramente sonreía, su expresión seguía siendo más inteligente y espiritual que la de los otros, pero paulatinamente iba enmascarándose con rasgos semejantes a los de cierta gente acaudalada cuyo aspecto traiciona el descontento, la naturaleza enfermiza, el humor melancólico, la indolencia, el hastío. El mal que corroe el alma de los ricos lo ganaba poco a poco. Lentamente, cual tenue velo de bruma, la fatiga envolvía a Siddhartha. Y cada día el velo se espesaba más, cada mes era más sombrío, cada año más pesado. Así como un traje nuevo envejece con el tiempo, pierde sus hermosos colores y se aja, así la nueva vida de Siddhartha, la que había comenzado después de separarse de Govinda, exhibía ahora marcados rasgos de usura. Los años, al pasar, le habían arrebatado su color y brillo original; ostentaba manchas y arrugas, y en ciertos lugares se distinguían, aunque todavía poco evidentes, las feas huellas de la desilusión y del hastío. Siddhartha no se percataba de ello. Sólo sabía que aquella voz interior, que antiguamente resonaba tan plena y nítida y que fuera el mentor de sus días más bellos, había enmudecido.

El placer, la codicia, la indolencia y por fin aquel vicio que entre todos los del mundo siempre le pareció el más abominable y que en todo momento odió y ridiculizó, la avaricia, se adueñaron de él. La necesidad de poseer, el amor de las riquezas terminaron subyugándolo. Ya no representaban para él un juego y una futilidad como antes, sino una cadena, un fardo. La atracción singular y pérfida que sobre él ejercía el juego habíalo convertido en el esclavo de este otro vicio despreciable. Así ocurría desde que, en su fuero interno, cesó de ser samana. Sonriendo y sin otro pensamiento que el de imitar a los hombres, jugó por dinero y joyas. Mas poco a poco el juego trocóse en necesidad, en pasión siempre en aumento. Llegó a adquirir reputación de jugador temible y sus apuestas eran tan elevadas y audaces que muy pocos osaban enfrentarlo. La miseria de su corazón lo impelía a jugar; experimentaba una alegría angustiada de cólera al derrochar su miserable dinero, pues creía que éste era el mejor modo de demostrar, con mayor evidencia e ironía, todo el desprecio que le inspiraba la riqueza, ídolo de los mercaderes.

Jugaba a lo grande y sin contemplación, odiándose y burlándose de sí mismo. Ganó miles y perdió otros tantos. En cierta ocasión perdió todo su dinero, sus joyas y su casa de campo; los recuperó y volvió a perderlos. Constantemente se esforzaba por renovar la pavorosa intensidad de la angustia que le oprimía el corazón al arrojar los dados en un tiro decisivo, pues sólo en esta sensación encontraba algo parecido todavía a un placer, a una borrachera: el estimulante necesario para salir de su embotada y tibia existencia de hombre hastiado. Y a cada fuerte pérdida, pensaba en nuevos medios de enriquecerse, se ocupaba con mayor actividad en su comercio, perseguía más inclementemente a sus deudores. Quería seguir jugando, jugar siempre, continuar arrojando el dinero y mostrar así todo su desdén. Pero pronto dejó de ser indiferente a los quebrantos, perdió la paciencia con quienes le pagaban mal, perdió toda compasión hacia los mendigos, perdió toda disposición de dar dinero o prestarlo a los pobres. Él, que en una jugada perdía sumas locas y reía de ello, volvióse sumamente severo y quisquilloso en su comercio. Hasta le ocurría que por la noche soñara con dinero. Cada vez que se arrancaba a este repugnante hechizo, cada vez que al mirarse en el espejo de su cuarto se veía envejecido y feo, la vergüenza y el asco de sí mismo lo invadían y volvía a entregarse al placer escabroso de un nuevo juego de azar, se abismaba en la lujuria, se aturdía en el vino. Luego se recuperaba, para ceder una vez más a su necesidad de ganar dinero, de almacenar nuevas riquezas. A fuerza de girar en este círculo vicioso se debilitó y cayó enfermo.

Una noche tuvo un sueño en el que creyó vislumbrar una advertencia. Había pasado algunas horas de la noche junto a Kamala, en el hermoso jardín de ésta, conversando. Sentados bajos los árboles opulentos, Kamala le dijo palabras grávidas de melancolía, expresión velada de su tristeza y de su cansancio. Pidióle que le hablara de Gotama, y no se cansaba de escucharle contar cuanta pureza decía su mirada, cuanta serenidad y belleza su boca, cuanta bondad su sonrisa, cuanta paz su caminar. Largo rato habló Siddhartha del sublime y venerado Buda, cuando Kamala, le dijo entre suspiros: «Acaso un día yo también siga a este Buda. Le obsequiaré mi jardín e iré a buscar un refugio en su doctrina». Pero en seguida lo provocó al juego del amor, abrazándolo con ansias tristes, llenas de mordiscos y de lágrimas, como si hubiera querido saborear hasta la última gota este placer efímero y vano. Jamás Siddhartha penetró de manera tan extrañamente

nítida hasta qué punto la voluptuosidad está emparenta-
da con la muerte. Se extendió luego a su lado y Kamala
aproximó su rostro al suyo. Con impresionante claridad,
leyó entonces en los ojos y en las comisuras de la boca
de la cortesana una escritura fatídica, de líneas muy finas
y de arrugas ligeras, que le hizo pensar en el otoño y en
la vejez, como cuando él mismo, Siddhartha, que frisa-
ba en la cuarentena, descubriera canas entre sus cabellos
negros. A través del rostro de Kamala hendían rasgos de
lasitud, de esa lasitud propia del que avanza hacia una
meta lejana y sin felicidad, rasgos de fatiga y comienzo
de marchitez. Percibió aquella angustia aun disimulada,
que no osa confesarse, de la cual tal vez no se da cuenta
uno por sí mismo y que se llama miedo de envejecer, miedo del otoño de la vida, miedo de tener que morir un día.
Despidióse de Kamala, suspirando; su alma desbordaba
asco y ansiedad misteriosa.

Pasó Siddhartha la noche bebiendo vino en compañía
de bailarinas. Ante otros mercaderes diose aires de hombre superior, que ya no era. Bebió mucho y sólo se acostó
muy tarde, quebrantado por la fatiga y en estado de extre-
ma sobreexcitación. Tenía la muerte en el alma y sentía
deseos irresistibles de llorar. Parecíale que su corazón ya
no podía contener toda su pena. El asco lo saturaba por
entero, como el sabor repugnante de un vino tibio, como
la sonrisa insulsa y el aroma lánguido de los cabellos y las
carnes de las bailarinas, como el ritmo enervante de una
música demasiado dulce y demasiado monótona. Pero más
que todo lo desalentaba su propia persona, sus cabellos
perfumados, el olor de vino que exhalaba su boca, el

abatimiento y el malestar que lo aplastaban. Como aquel
que, después de haber comido o bebido en exceso, prefie-
re soportar los espasmos del vómito que lo aliviará, Siddhartha también hubiera querido, esa noche de insomnio,
desembarazarse de una vez por todas de estos placeres,
de estas costumbres, de toda esta vida absurda y de sí
mismo, aunque para ello debiese apurar de un solo trago
todas las vergüenzas y sufrir todos los dolores. Sólo con
las primeras luces del alba, al renacer la vida en la calle
donde habitaba, su agitación se calmó un poco y cayó,
por algunos instantes, en una suerte de semisopor. Soñó entonces con el pequeño pájaro, de muy rara especie,
que Kamala guardaba en una jaula dorada. Asombróle que
esta avecilla, que habitualmente saludaba con su canto los
primeros rayos del sol, se hallara silenciosa. Se aproximó
a la jaula, y al ver que estaba muerta tomóla en la mano
y la arrojó a la calle. En este preciso instante fue presa de
gran pavor y en su corazón sintió un dolor agudo como si,
con este pájaro, hubiera desgarrado de su ser cuanto le era
querido. Al salir del sueño sintióse como traspasado por
una desventura infinita. Le pareció que toda su vida era
absurda y vacía, que nada le había dado de reconfortante,
de precioso, o que por lo menos valiese la pena de con-
servar. Se veía aislado y pobre como el náufrago a quien
el mar arroja sobre la costa.

Acongojado, se encaminó hacia uno de sus jardines.
Cerró la puerta con llave y sentóse bajo un mango. Allí,
muerte y espanto en su alma, sintió cómo todo sucumbía
en él, se marchitaba, se abismaba en la nada. Reuniendo
poco a poco sus ideas, rehizo con el pensamiento todo

el curso de su vida, tan lejos como pudo. ¿Había vivido momentos felices, había estado alegre alguna vez? Sí, muchas veces fue la suya una alegría verdadera. En su infancia primero, al merecer el elogio de los brahmanes, cuando se distinguía entre los niños de su edad al recitar los versículos sagrados o en los torneos oratorios con los sabios, cuando ayudaba en las ceremonias del sacrificio. «Un camino se abre ante ti. Eres el llamado a seguirlo, los dioses te esperan», le decían. Más tarde, en su juventud, cuando su pensamiento de objetivos más fugaces y elevados lo destacara entre los otros concurrentes, cuando torturaba el espíritu a fin de penetrar en el verdadero sentido de Brahma, cuando todo conocimiento adquirido sólo aumentaba su sed de ciencia, era constantemente una misma voz secreta la que en medio de sus luchas afiebradas y dolorosas, le gritaba: «¡Avanza, avanza siempre!, ¡eres llamado!» Oyó esta voz al abandonar su hogar para unirse a los samanas, al separarse de ellos para dirigirse hacia el Ser perfecto, y volvió a oírla al alejarse de Él para lanzarse a lo desconocido. ¿Cuánto tiempo pasó sin escucharla, cuánto tiempo hacía que marchaba por un sendero plano y desierto que no lo conducía a ninguna cúspide?

Sin aspiraciones nobles, sin grandeza, durante muchos años habíase contentado con placeres mezquinos; ¡y aun éstos no le bastaron! Se esforzó, sin percatarse él mismo, por cumplir su deseo de ser un hombre como los otros hombres, niños grandes, pero únicamente logró una existencia más miserable e inútil que la de ellos, pues tanto sus preocupaciones como sus objetivos eran diferentes. Todos estos individuos al modo de Kamaswami fueron para él un mero espectáculo, una especie de danza que se contempla desde lejos, una comedia. Únicamente Kamala encontró gracia a sus ojos y amor en su corazón. ¿Pero la quería aún? ¿Tenía necesidad de ella? ¿O ella de él? ¿No se entregaban ambos a un juego sin sentido? ¿Valía en verdad la pena vivir para ello? ¡No, nada de eso! Todo era un juego infantil, y su nombre era Sansara. Complacía jugar una, dos, hasta diez veces; ¿pero siempre, siempre?...

Y Siddhartha sabía que el juego había terminado, que ya no volvería a comenzar. Un escalofrío hizo retemblar hasta la última molécula de su cuerpo. Algo acababa de morir en él.

Todo el día permaneció sentado bajo el mango, pensando en su padre, en Govinda; también recordaba a Gotama. ¿Habría abandonado a todos para convertirse en un Kamaswami? Al caer la noche seguía allí. Más tarde levantó la mirada, vio las estrellas y se dijo: «Heme aquí, en mi jardín, bajo mi mango». Una sonrisa se dibujó en sus labios: ¿era acaso necesario, era siquiera justo poseer un mango, un jardín? ¿A qué suerte de juego insensato habíase entregado? Entonces, sin vacilar, rompió los lazos que le unían a estos objetos. Y otra cosa más murió en él. Levantóse, dijo adiós a su árbol, a su jardín. No había comido en todo el día y el hambre le torturaba las entrañas. Pensó en su casa, en su aposento, en su mesa siempre abundante. Esbozó entonces una sonrisa fatigada, se sacudió como si se desembarazara de una cadena y se despidió también de esas cosas.

Antes de que transcurriera una hora, ya había abandonado su jardín y la ciudad, para no retornar jamás.

Kamaswami, que le creía apresado por bandidos, lo buscó durante muchos días. Kamala, en cambio, no. La desaparición de Siddhartha no la sorprendió: ¿no la había esperado? ¿Acaso Siddhartha no había sido siempre un samana, es decir, el sin hogar, el eterno peregrino? En aquel su último encuentro, el presentimiento de lo que habría de ocurrir fue más agudo que nunca, y ahora, en el dolor de su pérdida, casi se sentía feliz, por haberlo sentido, por última vez, tan vivamente junto a su corazón, por haber sido poseída tan completamente por él.

Al llegarle la primera noticia de la desaparición de Siddhartha, se encaminó a su ventana, donde en una jaula dorada guardaba un pequeño pájaro cantor de gran rareza; abrió la puertecilla y le devolvió la libertad. Durante largo tiempo siguió con la mirada el vuelo del ave. A partir de ese día, no queriendo ver más a nadie, clausuró su puerta.. Pero poco después supo que la última visita de Siddhartha tendría consecuencias para ella: iba a ser madre.

A ORILLAS DEL RÍO

Siddhartha marchaba por el bosque alejándose de la ciudad. Una sola idea gritaba en su conciencia: ¡no volver! La existencia que había llevado por tantos años y que lo saturaba hasta la repugnancia, acababa de terminar, de terminar para siempre. Asimismo había muerto el pequeño pájaro cantor que viera en su sueño. Y también aquel pájaro que cantaba en su corazón. Las mallas de Sansara lo aprisionaban por completo. Así como el agua impregna una esponja, el desaliento y la muerte habíanse infiltrado por todos los poros de su piel. El asco, la desesperación y la muerte anidaban en su corazón. Nada en el mundo podía ya agradarle, hacer su ventura o su consuelo. Sólo ansiaba una cosa: olvidarse por entero de sí mismo, encontrar el reposo, el aniquilamiento. Si al menos un rayo lo redujera a cenizas, o un tigre lo despedazara. ¿No existía algún vino que le diera el olvido y un dormir sin despertar? ¿Existía en algún sitio una inmundicia con la que no se hubiera mancillado, una locura o un pecado no cometido, un vacío del alma no experimentado aún? ¿Habría de continuar viviendo? ¿Palpitaba todavía su pecho, volvería a comer, a dormir, a yacer junto a una mujer algún día? ¿Continuaría toda la eternidad su carrera por este círculo? ¿Era menester comenzar una vez más?

Siddhartha llegó al gran río, en el bosque, al mismo río que un botero le ayudó a franquear años atrás, al abandonar la ciudad de Gotama. Detuvo sus pasos sobre la ribera, vacilante, agotado por el cansancio y el hambre. ¿Para qué continuar marchando en semejante estado? ¿Hacia dónde enderezar sus pasos? En verdad, ya no tenía meta ninguna, sino un solo deseo, ardiente y doloroso: escapar a la pesadilla que le obsedía, vomitar el insípido vino ingerido, terminar de una vez por todas con su existencia de torturas e ignominias.

A orillas del río se erguía un cocotero cuyo tronco se inclinaba hacia la corriente. Apoyándose contra él, Siddhartha se puso a contemplar el correr incesante del agua. Y a cada momento que pasaba crecía en su alma el deseo de que el río lo sepultara. El abismo aterrorizador que se abría ante sus ojos se ajustaba demasiado bien al vacío espantoso de su alma. Sí, el fin había llegado. Matar su vida miserable, romper en pedazos esta carne infeliz y arrojar los restos a los pies de los dioses burlones. Era el gran vómito que ansiaba: la muerte, la aniquilación de ese molde que terminara por odiar. ¡Que los peces se alimentaran, pues, con sus despojos, con los despojos de Siddhartha, de ese loco de alma afeminada y pervertida, que devorasen su cuerpo gastado y podrido! ¡Que los cocodrilos hicieran de su cuerpo su sustento y que todos los demonios se lo repartieran!

Con el rostro desencajado, miraba obstinadamente la triste figura que se espejaba en el río. Escupió de asco. El intenso cansancio aflojó sus brazos. Se inclinó un poco para dejarse caer en lo insondable y desaparecer. Con los ojos cerrados se deslizaba hacia la muerte que lo absorbía.

Fue en ese momento que, en las más escondidas simas de su alma, en lo más lejano de su existencia miserable, escuchó un sonido: no era más que una palabra, una sílaba; su voz la había proferido instintivamente, como en un soplo. Era la palabra con que comienzan y terminan todas las invocaciones a Brahma, el sagrado *Om*, perfección o realización plena. Y en el preciso instante en que dicha sílaba gritó en los oídos de Siddhartha, su razón se esclareció de golpe y vio la locura del acto que estaba a punto de cometer.

Permaneció consternado un instante. Hasta tal grado de extravío había llegado que buscaba la muerte, que permitió que semejante deseo, en verdad infantil, arraigara en su espíritu: ¡encontrar el reposo desembarazándose del cuerpo! Aquello que todos los tormentos de los últimos tiempos, todos los desencantos, todas las desesperanzas no pudieron realizar, este único segundo, la sola palabra *Om* bastó para cumplirlo. Había retomado conciencia de sí mismo, habíase recuperado de su miseria y de su error.

¡*Om*!, repetía, ¡*Om*!, rememorando la vida indestructible y las cosas de la divinidad.

Mas todo esto se desvaneció como la luz del relámpago. Vencido por la fatiga, Siddhartha se desplomó a los pies del cocotero. Apoyó su cabeza contra una raíz y se durmió profundamente. Su dormir fue calmo, sin sueños, como no le fuera dado gustar desde mucho tiempo atrás. Despertó al cabo de varias horas, y le pareció que habían pasado años. Oía el suave murmullo de la corriente. Ignoraba dónde se encontraba, ni cómo había llegado hasta allí. Abrió los ojos y se asombró al ver árboles y cielo.

Recordó entonces el lugar y su huida, mas precisó un largo lapso para ordenar sus ideas. Lejos, infinitamente lejos de él, a través de un horizonte brumoso, creyó vislumbrar su pasado, ahora completamente indiferente para él. Su primera impresión, una vez dueño de sí mismo, fue que su vida de otras épocas había sido una vida anterior, en días muy remotos, una encarnación que precediera al nacimiento de su yo actual. En el presente sólo recordaba que con el corazón henchido de repugnancia y agobiado por el dolor quiso arrojar lejos de sí su vida, como una inmundicia; luego, habiendo recobrado sus sentidos a orillas de un río, durmióse al amparo de un cocotero, con la palabra *Om* en los labios; ahora, despierto ya, se sentía un hombre diferente, y a sus ojos el mundo se pintaba con colores totalmente nuevos. Con dulzura moduló la palabra santa, al sonido de la cual se durmiera, y le pareció que todo su largo dormir no fue más que un pensamiento, una compenetración, una fusión de todo su ser con lo innominable, con lo perfecto. ¡Y no fue maravilloso su sueño! ¡Jamás un sueño le aportó tanto descanso, tanta frescura, tanta vitalidad! ¿No estaría muerto? ¿Quizás había desaparecido de la tierra para renacer en ella bajo otra forma? Pero no, Siddhartha se conocía bien, conocía su mano, sus pies, el lugar donde se acostara, sobre todo conocía bien a ese yo que su pecho ocultaba, a ese Siddhartha caprichoso y excéntrico; pero ahora era un Siddhartha transformado, renovado singularmente, ágil y despierto, pletórico de alegría y de calor.

Siddhartha se puso de pie y vio entonces frente a él a un hombre, un extranjero vestido con la túnica amarilla de los monjes, con la cabeza afeitada y en actitud de profunda meditación. Observó a este hombre sin pelo ni barba, e inmediatamente reconoció en él a su amigo de juventud, a Govinda, el que se refugiara en el Buda sublime. También Govinda había envejecido, pero en su rostro dibujábanse siempre idénticos rasgos que hablaban de fervor, de bondad y de esfuerzo en la meditación. Cuando Govinda, al sentir la mirada de Siddhartha pesar sobre él, levantó los ojos y lo contempló, Siddhartha advirtió que no lo reconocía. Govinda parecía contento de verlo despierto por fin, pues sin duda se hallaba allí hacía largo rato, aguardando su despertar, pese a que el durmiente era un extraño para él.

—He dormido—le dijo Siddhartha—. ¿Qué haces tú aquí?

—En efecto, has dormido —respondió Govinda—. Mas es una imprudencia dormir en este paraje tan concurrido por serpientes y bestias de la selva. Soy un discípulo del sublime Gotama, el Buda, el Sakyamuni, y cruzando por aquí con algunos de los nuestros te vi yacer dormido en lugar arriesgado. Traté de despertarte en un principio, ¡oh extranjero!, pero tu dormir profundo resistió y me separé de la comitiva para cuidarte. Y también yo, que debía velar sobre ti, sucumbí al cansancio. Por cierto que he cumplido mal mi deber. Pero hete aquí ya despierto. Permite que me reúna a mis hermanos.

—Las gracias te sean dadas, samana, por haber velado mi sueño —dijo Siddhartha—. Todos vosotros, discípulos del Sublime, sois harto caritativos. Parte, pues, ahora, ya que lo deseas.

—Sí, extranjero, me voy. ¡Que la salud te acompañe siempre!

—Gracias, samana.

Govinda se inclinó y dijo:

—Adiós.

—Adiós, Govinda —respondió Siddhartha. El monje se detuvo.

—Perdóname, oh extranjero, ¿cómo sabes tú mi nombre?

Siddhartha sonrió:

—Te conocí, oh Govinda, en la cabaña de tu padre; a tu lado me senté en la escuela de los brahmanes y en las ceremonias de los sacrificios; juntos fuimos samanas hasta el día que en el bosque de Jetavana te refugiaste en la doctrina del Sublime.

—¡Siddhartha! ¡Tú eres Siddhartha! —exclamó Govinda—. Te reconozco ahora y no comprendo cómo no te reconocí al pronto. ¡Bienvenido, oh Siddhartha, feliz me hace el volver a verte!

—¡También mi corazón se regocija, Govinda! Has sido el guardián de mi sueño, y te reitero mi gratitud, aunque no fuera necesario velar sobre mí. Pero ¿dónde vas, amigo mío?

—En verdad no me dirijo hacia ningún sitio. Nosotros, monjes, siempre estamos de camino. En tanto dura la hermosa estación andamos de un lado a otro. Sometidos a nuestra regla, predicamos la doctrina, recibimos la limosna y continuamos así, sin cesar. ¿Pero tú, Siddhartha, dónde vas tú?

Siddhartha respondió:

—Lo mismo sucede conmigo, amigo mío. Yo voy siempre... sin ir a ninguna parte. Soy un peregrino.

Govinda añadió:

—¿Que siempre andas..., que eres un peregrino, dices? Te creo. Sin embargo, y perdóname, oh Siddhartha, en nada pareces un peregrino. Vistes a la usanza de los ricos, tu calzado es el de la gente más distinguida. Tampoco tus perfumados cabellos son los propios del peregrino, o del samana.

—Tienes razón, amigo mío, tu observación es justa y veo que nada escapa a tu mirada. Mas no te he dicho que fuera samana, sino que me hallo siempre de camino, a la manera del peregrino. Y en verdad es así.

—Como un peregrino —repitió Govinda—. Pero muy pocos son los vestidos así, los que llevan sandalias semejantes, o lucen tal cabellera. Yo, peregrino desde tantos años, nunca topé con uno igual a ti.

—Te creo, mi buen Govinda. Pues bien, por vez primera hoy has encontrado en tu camino un peregrino ricamente adornado. Y recuerda, amigo mío, que el mundo que vemos se transforma incesantemente: nuestros vestidos, nuestro peinado, nuestros cabellos e inclusive nuestro cuerpo cambian. Visto como un rico, lo sé; mi peinado es el de la gente principal y de los disolutos, sí, porque también yo fui uno de ellos.

—¿Y ahora, Siddhartha, qué eres ahora?

—Lo ignoro, Govinda, yo mismo lo ignoro a la par de ti. Marcho hacia un destino desconocido. Era rico y ya no lo soy. ¿Qué seré mañana?, no lo sé.

—¿Has perdido tus riquezas?

—Las perdí, o más bien las abandoné. Se desprendieron de mí. La rueda de las transformaciones gira velozmente, oh Govinda. ¿Qué ha sido de Siddhartha el brahmán, de Siddhartha el samana, de Siddhartha el ricachón? Todo pasa rápido, oh Govinda, harto se te alcanza.

Largo rato Govinda contempló al amigo de su infancia, con duda en los ojos. Después lo saludó como se saluda a una persona de alcurnia y volvió a su camino.

Siddhartha, el rostro alegre, lo miró alejarse, pues amaba siempre a su fiel, a su titubeante Govinda. Además, su sueño maravilloso habíale infundido tanta felicidad que le hubiera resultado imposible no amar a alguien o algo. El encanto que obró en él mientras dormía, le colmaba ahora de amor y júbilo para con todo cuanto veía. Y también le pareció que la causa de todos sus antiguos padecimientos había sido su incapacidad de amar.

Sonriendo siempre, Siddhartha contemplaba al monje que se alejaba. Si bien el reposo le había devuelto las fuerzas, el hambre lo acosaba; hacía dos días que no probaba bocado y estaban muy distantes los tiempos en que le era dado burlarse de su cuerpo sin sufrir.

Triste y alegre a la vez, ensoñaba el pasado.

En otros días, recordaba, vanaglorióse ante Kamala de saber tres cosas: soportar el hambre, esperar y pensar. Estas tres artes que aprendiera en su juventud laboriosa y dura constituían toda su ciencia, su bien, su poder y su fuerza, su más sólido apoyo. En el presente, estas tres artes habíanse desgarrado de él. Ni ayunar, ni esperar, ni pensar le era posible. ¡Sacrificólas en aras de lo más vil y efímero: la lujuria, el bienestar y la riqueza! ¡Singular destino el suyo! Y ahora, sólo ahora parecíale convertirse verdaderamente en un hombre.

Siddhartha caviló acerca de su situación. Pensar le resultaba en el momento algo difícil y, a decir verdad, pocas ganas tenía; mas se constriñó a ello:

«Bien, todas estas cosas perecederas han vuelto a desprenderse de mí, y heme aquí bajo el sol, solo, como cuando pequeño: no tengo nada, no sé nada, de nada soy capaz, puesto que nada he aprendido. ¡Singular condición la mía! Ya no soy joven, mis cabellos están grises y mis fuerzas menguan. Empero, debo recomenzar, como si fuera un niño». Este pensamiento le hizo sonreír. En verdad, su destino era extraño. En lugar de avanzar había retrocedido sobre sus pasos, y una vez más se encontraba solo en el mundo, las manos vacías y sin nada. No experimentaba, sin embargo, pesar alguno; al contrario, más bien se sentía movido a reír de su situación, a reírse de sí mismo y del mundo entero, tan grotesco y tan loco.

«Vamos, se dijo, me deslizo hacia el fin», y al pronunciar estas palabras su mirada se detuvo sobre el río. También éste deslizábase en pendiente, prosiguiendo su carrera a través de los campos, siempre hacia abajo cantando su alegre canción, su murmullo feliz. Complacióle la similitud y envió al río una amistosa sonrisa. ¿No era el mismo río en el cual un día, hacía un siglo quizás, quiso ahogarse? ¿O fue un sueño?

«¡Curiosa vida la mía!, decíase en su corazón, por qué extraños desvíos me ha llevado. De pequeño únicamente me ocupaba de los dioses y de los sacrificios. Adolescente, no soñaba más que en los ejercicios espirituales, en reflexiones y meditaciones: buscaba a Brahma y veneraba lo eterno en el Atman. Poco después me uní a los monjes penitentes; viví en el bosque a merced del calor y del frío; aprendí a ayunar y a matar lentamente mis sentidos. Más tarde, a través de la doctrina del gran Buda, el saber y la ciencia de la unidad del mundo se me revelaron de manera tan milagrosa que la asimilé al punto de identificarme con ella. Pero así como me alejé de Buda hube de apartarme de esta ciencia. Topé con Kamala, quien me enseñó los deleites del amor. Con Kamaswami aprendí a negociar: gané dinero, lo derroché, me aficioné a los manjares delicados y al halago de los sentidos. Durante años me consagré a devastar mi alma, a desaprender el arte de pensar, a olvidar la unidad. ¿No cabría aseverar que poco a poco, y siguiendo un largo desvío, me esforcé a hacer un niño del hombre que yo era, del pensador? Sin embargo, alguna excelencia hubo en mi ruta escabrosa, pues el pájaro que cantaba en mi pecho no ha muerto. ¡Pero qué camino el mío! Cuando pienso que he debido cruzar por tamañas tonterías, por tantos vicios, errores, ascos, desilusiones y miserias para sólo volver a ser un niño que ha de comenzar de nuevo. Sin embargo, ha sido por mi bien; mi corazón me lo grita, y también la alegría que brilla en mis pupilas. Me fue necesario vivir en la desesperación, envilecerme hasta el más cobarde de los pensamientos, el suicidio, para lograr mi perdón y escuchar el *Om*, para gustar el dormir verdadero y su despertar. Hube de pasar por la locura a fin de llegar hasta el Atman. Debí sucumbir al pecado para renacer a la vida. ¿A dónde me llevará esta senda? ¿No es absurda, no me conduce por curvas, tal vez en círculo? Sea como fuere, la seguiré».

Sentíase pletórico de una alegría indecible.

«¿De dónde te viene esta felicidad?», demandó a su corazón. «¿Del largo y bienhechor sueño? ¿Del *Om*? ¿O de mi evasión, de haber partido sin idea de retorno y de sentirme ahora tan libre como un pájaro en las alturas? ¡Oh!, cuánto de bueno hay en mi vida, cuánto de maravilloso en mi nueva libertad. El aire es aquí tenue y puro, y el respirarlo placentero. Allá, donde estaba, olores de ungüento, de especias, de vino, de toda suerte de cosas inútiles, y de pereza. ¡Cómo odié ese mundo de riquezas, de disolución y de vicio! ¡Cuánto me odié por permanecer ese infinito tiempo en tan espantosa sociedad! Bastante vilipendié, sacrifiqué, envenené y torturé allí mi propio ser. A más, me hice viejo y malo, yo que con gusto grande me imaginaba que Siddhartha era un sabio. Ya no me volverá a ocurrir. En verdad, me siento orgulloso y contento por haber terminado simultáneamente con aquel odio que anidaba contra mí mismo y con aquella mi estúpida y vacía existencia. Te felicito, Siddhartha. Después de innúmeros días de demencia tuviste por fin una idea razonable: escuchaste el canto del pequeño pájaro en tu pecho y obedeciste su voz». De este modo Siddhartha se elogiaba y se testimoniaba su satisfacción, aunque a la par lo aquejaban las contracciones de su estómago aguijoneado por el hambre. Cabalmente se le alcanzaba que en los últimos tiempos, y en estos últimos días sobremanera, había apurado hasta la última gota el acíbar de la copa, para vomitar luego toda la miseria en una arcada de exasperación y de muerte. Hubiera podido quedarse junto a Kamaswami, ganando y derrochando dinero, hartándose

de toda clase de manjares, dejando morir su pobre alma
llagada en ese infierno donde reinaban la molicie y la voluptuosidad, si la angustia y la desesperación no lo hubie-
sen arrancado de allí para arrastrarlo en el paroxismo de
la crisis hasta la orilla de este río donde decidió poner fin
a su tortura. El haber sufrido tanto dolor y repugnancia
por todo y no haber cedido, el haber sentido que en sus
entrañas aleteaba todavía aquel pequeño pájaro, fuente y
vida de su alma, era lo que en el presente hacía su alegría
e iluminaba con un rayo de felicidad su rostro y sus cabellos cenicientos. «Es bueno, repetíase, aprender a expen-
sas propias lo que es preciso saber. Desde niño, decíase
Siddhartha, sé que los placeres del mundo y las riquezas
no valen gran cosa, pero sólo hoy lo comprendo. Ahora
lo sé plenamente, me he instruido. Y no sólo mediante mi
memoria, sino también a través de mis ojos, mi corazón y
mi estómago. ¡Tanto mejor para mí!»

Durante largo rato permaneció ensimismado, escuchando el canto jubiloso de su pequeño pájaro. ¡No, la
avecilla no había muerto como lo creyera! Lo que acababa de morir era otra cosa que en él tendía desde tiempo
atrás hacia la muerte. ¿Y no era eso justamente lo que
había intentado destruir en otras épocas, en aquellos años
consagrados a la penitencia? ¡Era su yo! Ese yo mezquino, ambicioso y soberbio contra el que pugnara a través
de horas interminables; el que siempre lo venció y que
después de cada victoria renacía para vedarle el goce e
inspirarle el terror. ¿No era él a quien hoy había destruido
definitivamente, allí, en el bosque, a orillas del esplén-
dido río? ¿Y no era este aniquilamiento el que ahora le

hacía tan confiado como un niño, que desterraba de él el miedo y lo colmaba de alegría?

Entonces Siddhartha empezó a percatarse de su inútil brega contra ese yo cuando había sido brahmán y monje penitente. El exceso de ciencia, de versos sagrados, de prescripciones rituales, de mortificación, de acción y de fervor, le impidió triunfar. Enorgullecíale ser siempre el más inteligente, el más cumplido, el más adelantado: el sacerdote, el sabio. Pero en ese sacerdocio, en ese orgullo, en esa inteligencia, se deslizó y alojó su yo, en tanto él imaginaba ser capaz de matarlo mediante ayunos y penitencias. Hoy comprendía bien la cordura de la voz misteriosa, y que ningún maestro hubiera podido salvarlo. Era ésta la razón que lo impulsó a andar por el mundo, a perderse entre placeres y riquezas, junto a poderosos y a mujeres, a convertirse en mercader, en jugador borracho y avaro, hasta que el sacerdote y el samana perecieron en él. Por ello hubo de continuar soportando años terribles de existencia repelente, absurda y vacía, hasta sumirse en la más cruenta desesperación, hasta que el libertino, el hombre ávido de riquezas que era Siddhartha, murió. ¡Y por cierto que estaba bien muerto; el dormir del antiguo Siddhartha había engendrado un Siddhartha nuevo! También éste envejecería y un día habría de morir. Siddhartha pasaría como todas las cosas. Mas por el instante sentíase henchido de juventud y, como un niño, se daba por entero a su alegría.

Estos pensamientos poblaban su espíritu, mientras que, siempre sonriente, escuchaba el ruido de su estómago hambriento y el zumbido de una abeja. Satisfecho, contemplaba las aguas deslizantes del río; nunca le habían causado tanto placer. Jamás discernió de manera tan agradable y tan nítida la voz y la enseñanza de estas aguas fugitivas. Creyó entender que el río tenía algo especial que decirle, algo que todavía ignoraba, algo que le esperaba. ¡Y en este río quiso Siddhartha poner fin a sus días! En realidad, era el Siddhartha viejo, cansado y dolorido, el que se anonadara sumergiéndose entre la espuma del oleaje. Pero el hombre nuevo, Siddhartha lo amaba ya profundamente, y, en su alma, decidía no alejarse pronto.

TERCERA PARTE

EL BOTERO

«Me quedaré a orillas de este río, se dijo Siddhartha; es el mismo que antiguamente crucé al dirigirme hacia los hombres. El botero que me condujo entonces era un hombre bueno y amable. Puesto que fue de su cabaña de donde partí hacia una existencia de la cual nada pervive, que sea allí en donde se inicie la ruta que hoy emprendo, ¡mi vida nueva!»

Contemplaba con ojos emocionados la corriente, su color verde diáfano y los contornos cristalinos de sus dibujos misteriosos. Veía perlas brillantes ascender desde las profundidades, y en la superficie burbujas que flotaban sosegadamente y en las que se espejaban matices azulinos de cielo. También el río lo miraba con sus mil ojos verdes, blancos, azules, argentados. Y en el corazón de Siddhartha comenzaban a moverse sentimientos de amor, de encanto, de gratitud hacia él. La voz de su alma había despertado: «¡Ama estas aguas. Permanece junto a ellas. Aprende en ellas!» Sí, él aprendería, adivinaría sus secretos, adquiriría el don de comprender las cosas, todas las cosas, y de penetrar en su misterio.

Por el momento, de todos los secretos que guardaba el río sólo adivinó uno, pero éste le impresionó vívidamente:

esta agua fluía, fluía siempre, fluía de continuo, sin cesar un solo instante de estar allí, presente, de ser siempre la misma aunque renovándose sin interrupción. ¿Cómo explicar, cómo comprender esta cosa extraordinaria? No la entendía aún; sólo intuía vagamente. En su espíritu se despertaban recuerdos distantes, voces divinas hablaban a sus oídos.

Siddhartha se levantó; sus entrañas, atenaceadas por el hambre, le provocaban dolores insoportables. Ensimismado, retomó su camino no obstante, siguiendo el sendero que remontaba el río, cuyo murmullo acompañaba los rumores de su estómago revolucionado.

Al llegar al lugar en que solía abordar la barca, la halló justamente lista para transportarlo. El botero, de pie en ella, era el mismo que antaño transportara al joven samana, Siddhartha lo reconoció al pronto; también él había envejecido mucho.

—¿Quieres pasarme al otro lado? —preguntó.

El botero, asombrado de ver que un hombre de tan buena traza viajara a pie y sin séquito, lo recibió en su barca que en seguida se alejó de la ribera.

—Hermosa vida la tuya —dijo el viajero—. Por cierto que ha de ser agradable vivir a orillas de este río y sobre estas aguas.

El remero se balanceaba, sonriendo:

—Dices verdad, señor: es agradable. ¿Pero acaso toda vida no es hermosa, no tiene cada trabajo su propia belleza?

—Tal vez. Mas el tuyo me parece sobremanera digno de envidia.

—Ah!, puede que terminaras por encontrar que carece de encanto. No es un oficio para la gente que, como tú, viste lujosos trajes.

Siddhartha rompió a reír:

—Es la segunda vez que hoy mis vestidos atraen la atención, atención y desconfianza. Escucha, botero, ¿no querrías aceptar estos trajes que me resultan pesados? Por otra parte, no poseo dinero alguno para pagar tu trabajo.

—Bromeáis, señor —dijo el botero, riendo.

—No, amigo mío, no bromeo. Ya una vez, hace mucho tiempo, me cruzaste en tu barca por el amor de Dios. Haz-lo hoy una vez más y acepta mis vestidos en pago.

—Y entonces, señor, ¿continuaríais vuestra ruta desnudo?

—¡Ah! Mucho más complaceríame no continuar. Cuánto más preferiría que me dieras alguna vieja ropa y me dejases vivir junto a ti para ayudarte. Sería tu aprendiz, pues primero tendría que aprender a conducir la barca.

El botero contempló largo rato al extranjero buscando en su memoria, luego dijo:

—Ahora te reconozco. Eres tú el que antiguamente, mucho ha, quizá más de veinte años, pernoctó en mi cabaña. Te transporté a la ribera opuesta y nos despedimos como buenos amigos. ¿No eras entonces samana? Tu nombre escapa a mi memoria.

—Mi nombre es Siddhartha, y cuando me conociste era samana.

—Bienvenido seas, Siddhartha. Me llamo Vasudeva. Espero que también hoy seas mi huésped y reposes bajo mi techo. Me contarás de dónde vienes y por qué los hermosos vestidos que llevas se te han hecho pesados.

Habían llegado al medio del río y Vasudeva remaba vigorosamente contra la corriente. Sus robustos brazos cumplían su trabajo pausadamente mientras sus ojos permanecían fijos en la proa de la barca. Asimismo Siddhartha lo miraba, evocando aquel su último día de samana y la viva simpatía que sintiera hacia este hombre. Aceptó agradecido la invitación. Cuando abordaron le ayudó a atar la barca; luego el botero invitóle a entrar en la cabaña y le ofreció pan y agua. Siddhartha bebió y comió con apetito el pan y algunas ciruelas de mango que Vasudeva le obsequió.

Sentáronse después sobre un tronco caído a orillas del río. El sol tocaba ya el poniente, y Siddhartha le confió al botero de dónde venía, narrándole su vida tal como apareció a sus ojos en el instante de su crisis de desesperación. Su relato duró hasta medianoche.

Vasudeva lo escuchaba con la mayor atención. Todo cuanto Siddhartha decía encontraba eco en su alma: su origen, su ansia de saber, sus búsquedas, sus alegrías, su angustia. Una de las grandes cualidades del botero consistía en un impar don de escuchar. Su interlocutor percibía que, inmóvil y atento y sin pronunciar una palabra, Vasudeva le abría toda su grande alma. No se le escapaba palabra alguna ni las esperaba impacientemente; para con ninguna tenía un elogio o una censura; escuchaba. Percatábase Siddhartha de cuánta felicidad había en confiarse a semejante oyente, en desahogar el pecho de todas las penas, de todas las tribulaciones, de todos los deseos de una vida miserable.

Pero al tocar a su fin el relato de Siddhartha, al hablarle del árbol a orillas del río, de su caída en lo profundo del *Om* sagrado, y del vivo apegamiento que sintiera por el río después de su sueño, el botero, subyugado, lo escuchó, los ojos cerrados, con redoblada atención.

Al callar Siddhartha hízose un largo silencio que Vasudeva quebró con estas palabras:

—¡Es así como lo imaginaba, el río te ha hablado! Es tu amigo. ¡Muy bien, esto está muy bien! Quédate junto a mí, Siddhartha, mi amigo. Antiguamente yo tenía una mujer, su lecho se hallaba junto al mío; desde su muerte, años ha, vivo solo. ¡Y bien!, desde hoy serás mi compañero, hay lugar y pan para dos.

—Te agradezco —dijo Siddhartha—, te agradezco y acepto. Y también te agradezco, Vasudeva, por haberme escuchado con tamaña atención. Por demás, raras son las personas que saben escuchar de verdad. Y entre todos tú no tienes igual. También esto he de aprenderlo de ti.

—Tú lo aprenderás —respondió Vasudeva—, pero no de mí, sino del río. Él fue mi maestro, y será el tuyo. Todo lo sabe el río, todo lo puede enseñar, todo. ¿Comprendes?, sus aguas ya te instruyeron en la excelencia de intentar descender, disminuirse, abismarse. Siddhartha, rico y honrado, será un simple ayudante de botero. El sabio brahmán Siddhartha se hace botero: he aquí otra cosa que el río te ha dicho. Y te enseñará todavía una más.

Después de un lapso de silencio, Siddhartha preguntó:

—Qué?

Vasudeva se levantó y dijo:

—Es tarde; vamos a dormir. Ésta otra cosa, amigo mío, no puedo decírtela yo. La aprenderás; tal vez la sepas ya. Mira; yo no soy un sabio, no sé hablar e ignoro el arte del pensamiento. Toda mi ciencia consiste en saber escuchar y ser justo; nada aprendí de otro modo. Si me fuera dado el don de expresarlo y enseñarlo, acaso podría pasar por un sabio. Así como me ves sólo soy un botero, mi tarea es llevar a la gente de una ribera a la otra de este río. A muchos he cruzado, a miles, y para la mayoría mi río jamás fue otra cosa que un obstáculo. Unos viajaban para ganar dinero, otros para asistir a bodas o en peregrinación. Siempre el río los detenía, ¿pero acaso el botero no estaba allí para ayudarles? Sin embargo, para algunos, muy pocos, cuatro o cinco entre tantos miles, para ellos el río fue algo más; oyeron su voz, la escucharon, y estas aguas se les hicieron tan sagradas como a mí mismo. Ahora, Siddhartha, vamos a dormir.

Siddhartha quedóse junto al botero y aprendió a manejar la barca. Cuando no estaba ocupado en ella, trabajaba con Vasudeva en un arrozal, recogía leña, buscaba bananas. Pronto supo fabricar remos, reparar la barca y tejer canastas; asimismo interesábase vivamente por todo cuanto le enseñaba su compañero.

Los días y los meses pasaban rápidamente. En verdad, muchas cosas aprendía de Vasudeva, pero innúmeras eran las que le enseñaba el río, y esta enseñanza era incesante. Lo primero que Siddhartha aprendió fue a escuchar, a escuchar con el corazón tranquilo, el alma abierta y atenta, sin pasión, sin deseo, sin juicio, sin opinión.

Aunque entre ambos existía la más estrecha amistad, rara vez cambiaban algunas palabras, y cuando lo hacían

sólo era para decirse cosas sucintas y reflexionadas madu-
ramente. Vasudeva no gustaba de largas conversaciones y
en poquísimas ocasiones lograba Siddhartha hacerlo hablar. Un día le preguntó:

—Dime, Vasudeva, ¿también a ti te inició el río en el
misterio de la inexistencia del tiempo?

—Sí, Siddhartha —contestóle—. Con ello sin duda
quieres significar que el río está simultáneamente por doquier: en su fuente y en su desembocadura, en la catarata,
en el arroyo y en el rápido, en el mar y en la montaña; en
todas partes al mismo tiempo, y que no hay en él la menor
partícula de pasado o la más breve idea de tiempo venide-
ro, sino solamente el presente.

—Así es —dijo Siddhartha—. Cuando lo supe, arrojé
una mirada sobre mi vida, y ella también se me apareció
como un río, y vi que nada real, sino únicamente sombras,
separaban al Siddhartha niño del Siddhartha hombre, del
Siddhartha anciano. Los nacimientos anteriores de Siddhartha no fueron su pasado más que su muerte, y su retorno a Brahma será su porvenir. Nada ha sido, nada será;
todo es, todo vive y pertenece al presente.

Siddhartha hablaba con entusiasmo, pues la luz que se
había hecho en él lo colmaba de alegría:

—¡Oh, sí! Comprendo ahora que el sufrir, las zozobras
y todo aquello del mundo que nos es hostil y agobiante
únicamente existe en el tiempo; y que todo ello desapare-
ce y se supera una vez vencido éste, desde el momento en
que mediante el pensamiento hacemos abstracción de él.

Habló Siddhartha trémulo de emoción. Vasudeva, radiante, lo miraba sonriendo y asentía con la cabeza, sin

decir palabra. Acarició con la mano el hombro de Siddhartha, y retornó a su trabajo.

Y una vez en que el río se precipitaba estruendoso y desbordado a causa de las lluvias, Siddhartha le dijo:

—¿No es verdad, amigo mío, que el río tiene muchas, innumerables voces? ¿Y no es posible reconocer entre ellas la del rey y la del guerrero, la del toro y la del pájaro nocturno, la de la parturienta y la del hombre que gime, y mil otras más?

—Sí —respondió Vasudeva—; su voz entraña todas las voces de la creación.

—¿Y sabes —prosiguió Siddhartha— qué palabra pronuncia cuando es dado oír sus diez mil voces a un tiempo?

La mirada de Vasudeva resplandeció; se inclinó hacia Siddhartha y sopló en su oído el sagrado *Om*. Y era esto lo que Siddhartha oyera. Asimismo su sonrisa, que cada vez se parecía más a la del botero, esparcía con una luz de alegría de alma en su rostro, iluminándolo con mil pequeñas arrugas: era la misma sonrisa infantil y vieja del botero. Numerosos viajeros, al ver a los dos boteros, creíanles hermanos. A menudo, por la noche, sentábanse sobre el tronco a orillas del río y silenciosos escuchaban las cadencias del agua, que para ellos no era un agua ordinaria, sino la voz de las cosas vivas, la voz de lo que es, la voz del eterno devenir; y solía suceder entonces que ambos pensaran en lo mismo: en una conversación de la víspera, en algún viajero cuyo aspecto y suerte habíales interesado, en la muerte, en su infancia. Y también ocurría que en el preciso momento en que el río les confiaba algo, se miraban uno al otro, ambos con idéntico pensamiento, ambos felices por haber obtenido igual respuesta.

De los dos boteros y del lugar en que vivían emanaba una suerte de encanto que asombraba a numerosos viajeros. A veces alguno, después de encontrarse con la mirada de uno u otro botero, se ponía a contarle su vida y sus pesares y, reconociendo sus errores, demandaba un consejo y un consuelo. En ocasiones alguno pedía a los boteros que le permitiera pernoctar en su compañía a fin de escuchar el río. Solían llegar curiosos que habían oído decir que en aquel lugar del río vivían dos sabios, quizás dos magos o dos santos. Tal gente hacía toda índole de preguntas, pero no recibían respuesta ni descubrían mago o sabio alguno, sino solamente a dos buenos y pequeños viejos de modales raros, que parecían mudos y algo débiles de espíritu. Y los curiosos reían y se decían que la gente era bien tonta y crédula al propagar semejantes rumores desprovistos de fundamento.

Los años pasaban y ninguno de los dos boteros llevaba cuenta de ellos. Cierto día llegaron unos monjes, discípulos de Gotama, el Buda. Solicitaron ser cruzados a la ribera opuesta y los boteros supieron así que se dirigían con toda premura hacia su célebre maestro, pues la noticia había cundido de que el Sublime estaba en sus momentos postreros y que pronto moriría de su última muerte para alcanzar la liberación final. Poco después llegó una nueva tropa de monjes peregrinos, y luego otra, y tanto los monjes como la mayoría de los demás viajeros sólo hablaban de Gotama y de su fin próximo. Hubiérase dicho una expedición guerrera o la coronación de un rey:

los hombres venían en masa de todas partes y se reunían, cual hormigas, en interminable procesión. Afluían, como atraídos por un hechizo, hacia el lugar donde el gran Buda iba a morir, donde se cumpliría lo irreparable, donde el ser más perfecto que existiera alcanzaría la gloria.

A menudo pensaba Siddhartha en el Sabio que moría, en el ilustre Maestro cuya voz exhortó al bien a pueblos enteros y arrancó de su torpor a millones de individuos. También él la escuchó un día. Recordaba con satisfacción el respeto con que contempló el rostro del Santo. Y ahora, que veía claramente ante sí el camino de la perfección, evocaba risueño las palabras que muy joven dirigiera al Sublime. Fueron, parecíale hoy, orgullosas y pretenciosamente sabias, y su solo recuerdo le hacía reír. Desde hacía mucho tiempo sabía que nada lo separaba ya de Gotama, ni de su doctrina que antaño no abrazó. No, aquel que en verdad busca y en quien se ha hecho carne el deseo de encontrar, no debía adoptar doctrina alguna. Al contrario, el que encuentra puede admitirlas todas, como él aceptaba ahora todos los caminos y todos los fines. Nada lo separaba ya de las mil otras doctrinas nacidas de lo Eterno, todas impregnadas de divinidad.

Fue por entonces que Kamala, antaño la más hermosa de las cortesanas, quiso ir hacia el Buda moribundo. Hacía muchos años que había renunciado a su antigua vida, refugiándose en la doctrina de Gotama, y en la actualidad se contaba entre las amigas benefactoras de los monjes peregrinos, a quienes regaló sus jardines. A la nueva del próximo fin de Gotama, partió a pie vestida sencillamente. Consigo llevaba a su hijo, el pequeño Siddhartha.

Marchaban por el camino a lo largo del río, pero el niño se fatigó pronto. Pedía volver a la casa, descansar, tenía hambre, se enfadaba y lloraba. Kamala veíase obligada a detenerse con frecuencia. El niño estaba acostumbrado a imponerle su voluntad. No comprendía el por qué de esta cansadora y afligida peregrinación para ver a un hombre moribundo al que se decía santo. ¡Que se muriera, qué le importaba a él!

Ambos viajeros hallábanse bastante próximos al huertecillo de Vasudeva y el pequeño Siddhartha nuevamente obligó a su madre a hacer un alto para descansar. También ella, Kamala, se sentó sobre el suelo, cerró los ojos y se adormeció. Pero de improviso profirió un grito dolorido. Aterrorizado, el niño la miró y vio su rostro pálido de espanto y que una pequeña serpiente negra se escapaba de entre sus vestidos.

Madre e hijo echaron a correr para llegar hasta un lugar habitado y pronto se encontraron casi frente al desembarcadero. Allí, Kamala se desplomó; no podía dar un paso más. El pequeño comenzó a gritar a voz en cuello, interrumpiéndose sólo para besar a su madre y abrazarla; también ella unió sus llamados a los del niño. Sus clamores llegaron hasta Vasudeva, que se hallaba a corta distancia. Corrió hacia ellos, levantó a la mujer en sus brazos, la condujo a la barca seguido por el niño y poco después los tres entraban en la cabaña, donde en ese momento Siddhartha se disponía a encender fuego. Alzó los ojos y vio primero el rostro del niño, que se le asemejaba asombrosamente, y cosas por largo tiempo olvidadas volvieron a su espíritu. Luego vio a Kamala, sin conocimiento aún en los brazos del botero, y la reconoció al pronto. Comprendió entonces que aquel niño cuyos rasgos removieron tan profundamente sus recuerdos era su propio hijo, y el corazón se le agitó en el pecho. Lavaron la herida de Kamala, pero ya estaba negra y su vientre comenzaba a hincharse. Le dieron a tomar un brebaje que la reanimó un poco. Yacía extendida sobre el lecho de Siddhartha, y el que tanto la amó otrora se inclinaba hacia ella. Kamala creyó soñar. Fijó sus ojos en los de su amigo, pero transcurrieron algunos minutos antes de que le fuera posible volver a la realidad; recordó entonces la picadura de la serpiente e inquirió ansiosa por su niño.

—Está a tu lado —dijo Siddhartha—. No te inquietes.

Kamala le miró en los ojos y habló con lengua entorpecida por el veneno:

—Harto has envejecido, amigo mío; estás completamente gris. Pero me recuerdas al joven samana que sin vestidos y los pies cubiertos de polvo llegó un día hasta mi jardín. Te pareces a él mucho más que cuando nos abandonaste, a Kamaswami y a mí. Sobre todo tu mirada es igual a la de aquel muchacho. Sí, también yo estoy vieja, vieja... y sin embargo me reconociste.

Siddhartha sonrió:

—Kamala, mujer querida, te reconocí en seguida.

Kamala, señalándole a su niño inquirió:

—¿A él también? Es tu hijo —los párpados se le cerraban sobre los ojos turbios ya. El niño rompió a llorar. Siddhartha lo tomó sobre sus rodillas, lo dejó llorar, le acarició los cabellos, y mientras examinaba su cara inocente recordó una oración brahmánica aprendida en épocas muy distantes, cuando pequeño. Entonces, lentamente, con voz cantante, habló, y hubiérase dicho que las palabras que fluían de su boca venían de los días remotos de su infancia. Bajo la influencia de este canto monótono el niño se calmó, sollozó todavía un poco y se durmió. Siddhartha lo acostó sobre el lecho de Vasudeva y miró a su amigo que se hallaba preparando arroz. Éste respondió con una sonrisa. «Ella morirá», dijo muy quedo Siddhartha. Vasudeva asintió con la cabeza, y en su rostro bondadoso reflejábanse las llamas del hogar.

Kamala todavía volvió en sí una vez. El dolor crispaba sus rasgos; y en su boca y en sus mejillas pálidas, Siddhartha, inmóvil, atento y mudo, leía un infinito dolor, y éste se le entraba en el alma. La mujer lo sentía y sus ojos buscaban los del hombre. Se encontraron y le dijo:

—¡Veo que también tu mirada ha cambiado! Es otra. ¿En qué reconozco pues que eres Siddhartha? Eres tú, y no eres tú.

Siddhartha no respondió, pero su mirada muda se fijó en la de Kamala:

—¿Has encontrado lo que buscabas? —preguntó ella—. ¿Has encontrado la paz interior?

Él sonrió y tomó su mano.

—Lo veo —dijo ella—, lo veo. Yo también encontraré la paz.

—Tú las has encontrado ya —susurróle muy suavemente Siddhartha.

Kamala lo miró en los ojos. Recordó entonces que había partido para contemplar el rostro de un ser perfecto y respirar un poco de paz, y he aquí que en cambio encontró a Siddhartha. Y estaba bien, tan bien como si hubiera visto a Gotama. Quiso decírselo, pero su lengua ya no obedecía a su voluntad. Lo miraba siempre en silencio; y Siddhartha veía como la vida huía poco a poco de sus pupilas. El último estertor las reanimó por un instante, luego se apagaron y un estremecimiento final vibró en sus entrañas. Entonces Siddhartha le cerró los ojos.

Durante largo tiempo permaneció allí, sentado, contemplando el rostro de la muerta. Pensó que una vez, en la primavera de sus vidas, había comparado con un higo recién roto esa boca ahora envejecida, cansada, de labios ajados. Durante largo tiempo continuó así, sentado, leyendo en las facciones macilentas y en las arrugas fatigadas, impregnándose de esta visión. Veíase Siddhartha a sí mismo, pálido y muerto como ella; al mismo tiempo veía su propio rostro y el de Kamala en su juventud de labios rosados y pupilas de fuego; y el sentimiento del presente y de la simultaneidad de los tiempos, el sentimiento de la eternidad se hizo en su alma. Y entonces sintió, hondo, más hondo que jamás, la indestructibilidad de cada vida, la eternidad de cada instante.

Cuando se levantó, el arroz preparado por Vasudeva estaba cocido, pero él no comió. En el pequeño establo de su cabra los dos ancianos arreglaron un lecho para Vasudeva. Siddhartha salió y pasó la noche sentado delante de la cabaña, escuchando al río, internándose en su memoria, abarcando a la vez todos los períodos de su vida. Mas de hora en hora se acercaba a la puerta de la cabaña para ver si el pequeño dormía.

Al despuntar el alba, antes de que el sol apareciese en el horizonte, Vasudeva salió del establo y se dirigió hacia su amigo.

—No has dormido.

—No, Vasudeva. Amanecí aquí, escuchando al río. Me dijo muchas cosas, llenó mi ser de un pensamiento profundo y saludable, el pensamiento de la unidad.

—Has sufrido intensamente, Siddhartha, pero veo que la tristeza no ha invadido tu corazón.

— No, amigo mío, ¿por qué habría yo de estar triste? Yo, que fui rico y feliz, soy ahora más rico y más feliz aún: me han dado a mi hijo.

—¡Bienvenido sea tu hijo! Pero ahora, Siddhartha, pongámonos a trabajar, tenemos mucho que hacer. Kamala ha muerto en el lecho donde mi mujer terminó sus días, y sobre el mismo montículo en el que su cuerpo se convirtió en cenizas quemaremos el suyo.

Y mientras el niño dormía levantaron la pira.

EL HIJO

Tímido y con los ojos empañados en lágrimas, el pequeño asistió a los funerales de su madre. Sombrío y atemorizado escuchó que Siddhartha lo llamaba hijo y le decía que la cabaña de Vasudeva era su hogar. Jornadas enteras estuvo sentado al pie del montículo de la muerta, el rostro mustio, sin comer, los ojos y el corazón cerrados al mundo, resistiendo con todas sus fuerzas contra el destino.

Siddhartha, que lo trataba con miramientos, le dejó hacer. Respetaba su dolor. Comprendía que su hijo no lo reconociera ni le fuera posible amarlo como a un padre. Pasaron bastantes días antes de que se diera cuenta de que esta criatura de once años era un niño mimado que había crecido entre el lujo y la abundancia, y a quien resultaba difícil prescindir de manjares delicados, de un lecho blando y de criados, y que no podía adaptarse a semejante existencia de pobreza de un día para el otro. Por tal motivo no le imponía restricción alguna, hacía a menudo su trabajo y le reservaba siempre los mejores alimentos. Esperaba que, a la larga, su dulce paciencia lo atraería hacia él.

Al recibir al niño proclamóse rico y feliz. Pero el tiempo transcurría y aquél seguía siempre ajeno y taciturno.

De carácter altivo y arrogante, no quería oír hablar de trabajo, saqueaba los árboles frutales de Vasudeva y no respetaba a ninguno de los dos ancianos. Siddhartha empezó a comprender que su hijo no le había aportado ni la felicidad ni la paz, sino congojas y preocupaciones. Empero lo amaba, y prefería las aflicciones y sufrimientos de este amor a cualquier felicidad y alegría sin el niño.

Desde que el joven Siddhartha vivía con ellos, los dos viejos habíanse repartido el trabajo. Vasudeva volvió a sus tareas de botero, y Siddhartha, a fin de tener a su hijo consigo, trabajaba en la cabaña o en los campos.

Largo tiempo esperó Siddhartha que el niño lo entendiera, que se dejara ganar y que acaso terminara devolviéndole su cariño. También Vasudeva, que se contentaba con observar, aguardaba sin decir nada. Un día que el joven Siddhartha atormentó a su padre con su obstinación y sus caprichos y rompió las dos escudillas del arroz, Vasudeva llamó a su compañero aparte, por la noche, y le dijo:

—Perdona mis palabras, es como amigo que deseo hablarte. Veo tu sufrimiento y los pesares que te agobian. Tu hijo es motivo de tribulación para ti, y asimismo para mí. Es un joven gorrión acostumbrado a otro género de vida y a diferente nido. No abandonó la ciudad ni renunció a las riquezas como tú, por asco y saciedad. Si dejó todo eso fue de mal grado. He consultado al río, amigo mío, muchas veces lo he consultado. Mas el río se burla de mí, se burla de mí y también de ti: ríe estrepitosamente de nuestras necedades. El agua corre hacia el agua, la juventud hacia la juventud, y tu hijo, aquí, no se halla en el lugar que conviene a sus inclinaciones. ¡Pregúntaselo tú mismo al río, escúchalo!

Conmovido, Siddhartha elevó los ojos hacia ese rostro bondadoso cuyas múltiples arrugas escondían una serenidad inalterable.

—¿Podría separarme jamás de él? —le dijo en voz baja y con un dejo de vergüenza—. ¡Dame todavía algún tiempo! Tú sabes que lucho para conquistarlo, para ganar su corazón. A fuerza de amor, de dulzura y de paciencia lo lograré. También a él le hablará un día el río, pues él también es uno de los llamados.

La sonrisa de Vasudeva se tornó más cálida.

—Sí, sí, también él pertenece a la vida eterna, también él es llamado, ¿pero a qué, a qué camino, a qué actos, a qué sufrimientos? Y no serán pequeños sus tormentos. Es el suyo un corazón orgulloso y duro, y los seres de su clase están destinados a mucho dolor, a perderse y a fracasar a menudo, a cargar su conciencia con múltiples pecados. Dime, amigo mío, ¿educas a tu hijo? ¿Lo obligas a hacer lo que debe? ¿Lo corriges? ¿Lo castigas?

—No, Vasudeva, nada de ello.

—Estaba seguro, tú no lo constriñes a nada, no lo castigas, no lo mandas; porque sabes que la ternura puede más que la severidad, el cariño más que la violencia y el agua más que la roca. Yo te apruebo. ¿Pero no te equivocas al imaginar que no ejerces sobre él presión alguna, al pensar que tu conducta no es un castigo para él? Tu amor, ¿no es un lazo con el que lo atas? ¿Acaso tu bondad y tu paciencia no agravan su estado, no le hacen la sumisión más difícil al forzarlo a avergonzarse de sí mismo? ¿No obligas a este niño, orgulloso y mimado, a vivir en una cabaña en compañía de dos viejos comedores de bananas para quienes un plato de arroz constituye toda una golosina, cuyos pensamientos no pueden ser los de él, cuyos corazones que los años han aquietado buscan satisfacciones distintas? ¿No representa todo eso sujeción y castigo?

Atónito por estas palabras Siddhartha bajó la mirada y preguntó despacio:

—¿Y qué he de hacer?

—Llévalo a la ciudad, a la mansión de su madre; —respondió Vasudeva—; sin duda todavía habrá allí servidores a quienes se lo confiarás. Y si no, colócalo en casa de un maestro, no por lo que éste habrá de enseñarle, sino para que el niño viva con otras criaturas de igual edad y condición, y en un mundo que es el suyo. ¿No has pensado en estas cosas?

—Lees en mi corazón —respondió Siddhartha con voz dolorida—, a menudo pensé en ello. ¡Mas entiéndeme!; ¿cómo he de abandonar así en el mundo a este niño cuyo corazón, tú lo sabes, nada tiene de tierno? ¿No lo vencerán sus malas inclinaciones, no sucumbirá a la atracción de los placeres y del poder, no caerá en todos los errores de su padre, no terminará por perderse en el Sansara?

La sonrisa del botero se esparció luminosa. Tomó suavemente el brazo de Siddhartha:

—Pregúntaselo al río, amigo mío. Escucha un poco cómo se ríe de ti. ¿Crees en verdad que aquellas tus locuras las cometiste para ahorrárselas a tu hijo? ¿Piensas que podrás preservarlo del Sansara? ¿Cómo? ¿Por la doctrina, por la oración, por las amonestaciones? ¡Oh, querido!, ¿has olvidado ya la historia de Siddhartha, el hijo del brahmán, esa historia tan edificante que otrora me contaste en este mismo lugar? ¿Quién protegió al samana Siddhartha del Sansara, del pecado, de la codicia y de las locuras? ¿La piedad de su padre, las exhortaciones de los maestros, su propio saber, sus búsquedas? ¿Qué padre o maestro hubiéranle impedido vivir su vida y ensuciarse en el contacto con ella? ¿Pudo alguien impedir que aquel joven se mancillara con pecados, vaciara la copa de las amarguras y encontrara por sí mismo su camino? ¿Crees tú, pues, oh amigo mío que le es posible a ningún hombre eludir semejante camino? ¿A tu hijo acaso?; ¿porque lo amas y deseas evitarle dolor y desilusiones? ¡Aunque diez veces murieras por él, ni un milímetro lograrías desviarlo de su destino!

Nunca hasta entonces había hablado tanto Vasudeva. Siddhartha agradecióle afectuosamente. Con el corazón abatido, volvió a la cabaña. Varias horas transcurrieron antes de que pudiera dormirse. Nada de lo que Vasudeva le dijera era nuevo para él, muchas veces había reflexionado sobre ello. Lo sabía, sí, mas no podía cumplirlo. Por sobre todo privaba su amor hacia este niño, su ternura para con él, su temor a perderlo. ¿Existió alguna vez algo a lo que se hubiera apegado tan loca y tan ciegamente, por quien tanto hubiese sufrido inútilmente, pero con más alegría?

Imposible resultábale a Siddhartha seguir el consejo del botero; no podía separarse de su hijo. Hasta llegó a dejarse mandar por él y a que lo despreciara. Callaba y esperaba. Cada día recomenzaba una lucha muda de paciencia, entre su amor y el niño. También callaba y esperaba

Vasudeva, siempre bondadoso y tolerante. Ambos ancianos eran impares en el arte de la paciencia.

Cierto día en que los rasgos del niño le recordaron a Kamala más que de costumbre, una frase que la cortesana dijera en su juventud irrumpió en la conciencia de Siddhartha: «Tú no puedes amar», y él convino con ella y se comparó a sí mismo con una estrella, y a los otros hombres con la hoja que cae; sin embargo, en las palabras de su amante percibió cierto reproche disimulado. En efecto, jamás le fue posible a su corazón fundirse con el del ser amado, darse hasta el pleno olvido de sí mismo, hasta cometer locuras de amor; en esta incapacidad suya residía, creía él entonces, la gran diferencia que lo separaba del común de los mortales. Pero en el presente, es decir, desde que su hijo estaba con él, Siddhartha también se había trocado en un hombre como los demás; ahora sufría por otro, se apegaba a él, su amor lo perdía e impelía a la locura. Una vez en su vida, aunque tardíamente, vivía aquella pasión, la más fuerte y extraña; dolorido, llegaba a inspirar piedad, y sin embargo era feliz. ¿No sentía su alma remozada y enriquecida?

Cabalmente percatábase de que este su amor obcecado por su hijo constituía una pasión, un sentimiento harto humano, que era el Sansara, la turbia fuente de aguas oscuras. Mas al mismo tiempo vislumbraba el valor y la necesidad que entrañaba. Emanación de su propio ser, representaba por tanto un placer, un dolor que debía aún sobrellevar, una locura que cometer.

Entretanto, poco le importaba al niño la desazón de su padre; dejaba que persistiera en sus tentativas, pero cada día lo mortificaba más con sus caprichos. Ningún atractivo tenía para él ni tampoco le inspiraba temor. Era, sí, una persona bondadosa, dulce, quizás un hombre de gran piedad, un santo... ¡pero qué le importaban a él semejantes cualidades! Sólo sabía que este padre lo retenía prisionero en una cabaña miserable, y que su dulce sonrisa a cada una de sus faltas e insultos, su bondad en pago de cada una de sus maldades, lo aburrían. Nada en el mundo detestaba más que lo que él llamaba «gestos afectados de viejo cazurro». Con mucho hubiera preferido que lo amenazara francamente, e inclusive que lo maltratara.

Llegó la hora en que la antipatía del joven Siddhartha estalló, y volvióse abiertamente contra su padre. Habíale éste pedido que recogiera algunos leños, pero el niño, en lugar de hacerlo, permaneció en la cabaña, con aire insolente y los ojos húmedos de cólera. Comenzó a patalear y a amenazarlo con los puños, y, en una explosión de rabia, enrostróle todo el odio y el desprecio que había en su corazón.

—¡Ve tú mismo a buscar tu madera! —vociferó entre espumarajos de furia—, ¡no soy tu criado! Sé que no me pegarás, no te atreves a ello; también sé que tu intención es castigarme humillándome con tu bondad y tu indulgencia. ¡Quieres que sea bueno, dulce y tan sabio como tú! Pero sabe de una vez por todas que con tal de torturarte me haría ladrón de caminos; ¡sí, hasta me convertiría en asesino para lograr tal placer! ¡Antes que ser igual a ti me entregaré a todos los demonios! ¡Te odio, tú no eres mi padre, aunque hayas sido diez veces el amante de mi madre!

Toda su cólera y aversión desbordantes vomitábalas en palabras confusas y malignas. Luego huyó, volviendo recién entrada la tarde. A la mañana siguiente había desaparecido, y junto con él una pequeña canastilla coloreada, de corteza trenzada, en la cual se guardaban monedas de cobre y de plata, salario de los boteros. Tampoco la barca estaba en su lugar. Siddhartha alcanzó a divisarla en la ribera opuesta. El muchacho había escapado.

—Es preciso que lo busque —dijo Siddhartha, trémulo aún de emoción y de pesar a causa de los insultos de la víspera—. Un niño no puede atravesar solo el bosque; perecerá. Construyamos una balsa para cruzar el río, Vasudeva.

—Haremos una balsa para recobrar la barca que se ha llevado tu hijo —respondió Vasudeva—. En cuanto a él, amigo mío, mejor harías en dejarlo; ya no es un niño y sabrá valerse por sí solo. Quiere volver a la ciudad y tiene razón, no lo olvides. No hace más que lo que tú olvidaste: piensa para él. ¡Ah Siddhartha!, veo que sufres, pero asimismo veo que tus sentimientos actuales son de aquellos de los cuales se sentiría uno tentado de reír, de los que tú mismo pronto reirás.

Siddhartha no respondió. Con su hacha comenzó a construir una balsa de bambúes. Vasudeva le ayudó a ajustar los troncos con lianas. Pronto alcanzaron la orilla opuesta, pero como la corriente los arrastró lejos, a la deriva, tuvieron que halar la embarcación.

—¿Para qué has traído el hacha? —preguntó Siddhartha.

Vasudeva respondió:

—Tal vez se hayan perdido los remos de nuestra barca.

Mas Siddhartha entreveía el pensamiento de su amigo: «el niño habrá tirado o roto los remos con el propósito
de vengarse o para impedir que se le persiga». En efecto, los remos no estaban en la barca. Vasudeva señaló el
fondo de ésta y miró risueño a su amigo, como queriendo decir: «¿ves lo que tu hijo ha querido que entiendas?,
¿comprendes que no desea que lo sigan?» Pero no expresó este pensamiento en alta voz. Púsose de inmediato a
tallar otra rama. Siddhartha se alejó en busca del fugitivo
y Vasudeva no lo detuvo.

Después de errar largas horas por el bosque, con-
vencióse Siddhartha de que todas sus búsquedas serían
vanas. Se dijo que habiendo partido el niño con gran ven-
taja sobre él, debía estar ya en la ciudad, o que, de hallarse
todavía en las inmediaciones, se escondía a sus miradas.
A medida que reflexionaba de este modo percibía que sus
inquietudes a propósito de su hijo iban desvaneciéndose;
algo le decía en su corazón que no había perecido, y que
ningún peligro lo amenazaba en el bosque. Sin embargo,
le era imposible no continuar, ya no para salvarlo; sino
impelido por la necesidad de acercarse a él y por la es-
peranza de verlo una vez más. Siguiendo el camino real,
llegó así hasta las puertas de la ciudad.

Detúvose a la entrada del hermoso parque, antigua
propiedad de Kamala, donde por vez primera la viera, en
su palanquín. Cosas del pasado rebrotaron en su espíritu: volvió a verse joven samana, desnudo, la barba y la
cabellera desgreñada y cubiertas de polvo. Largas horas

permaneció allí, contemplando el jardín y los monjes de hábito amarillo que paseaban bajo los árboles.

De pie, meditabundo, repasaba todas las fases de la historia de su vida, cuyas imágenes afloraban a su conciencia surgiendo desde lo más hondo del alma. Así continuó, con la mirada fija en los monjes, pero en verdad sólo al joven Siddhartha y a la joven Kamala veía bajo los opulentos árboles. Al igual que si hubiese sucedido la víspera, rememoraba el recibimiento de Kamala, el primer beso, la altivez y el desdén con que habló de su condición de brahmán, el orgullo y los sentidos ávidos de placer de los comienzos de su existencia mundana. Kamaswami, sus criados, los festines, los jugadores de dados, los músicos, el pequeño pájaro cantor de Kamala, todo esto se le aparecía. Y Siddhartha volvía a vivir y a respirar la atmósfera del Sansara, otra vez sentíase viejo y cansado, inundado por la misma repugnancia que otrora engendró en él la necesidad de poner fin a sus días; y el *Om* sagrado lo curaba. Entonces reparó Siddhartha en la locura que lo impulsó hasta estos lugares, comprendió que de nada podía servir al niño y que no debía intentar buscarlo. En lo profundo del corazón su amor hacia el fugitivo era como una herida, mas al par del dolor sentía Siddhartha que no debía hundirse en ella, sino dejar que la sangre corriese y se esparciera e irradiara en todo su ser.

Mucho le entristeció que tal cosa no ocurriera al pronto. Había corrido febrilmente tras su hijo desaparecido, su meta en estos momentos, y en su lugar sólo el vacío veía en derredor. Agobiado de tristeza se sentó. Algo moría en su corazón; la alegría se iba y se entraba la nada.

¿Cuál sería ahora su camino? Absorto en sus pensamientos, permaneció en el mismo lugar y aguardó. Esperar, tener paciencia, escuchar, eran las enseñanzas del río. Y seguía sentado; escuchaba entre la polvareda del camino; espiaba su corazón lastimado y exhausto, esperando que una voz le hablase: Muchas horas pasaron así, y ninguna imagen se presentó a su espíritu. Perdido en la nada, Siddhartha se abandonaba, se dejaba naufragar, no alcanzando a distinguir el camino salvador. Sólo al aguzarse terriblemente su sufrir pronunció muy suavemente el sagrado *Om*, que rebosó su alma. Los monjes lo vieron, y como se encontraba allí desde muchas horas y el polvo cubría sus cabellos grises, uno de ellos se dirigió hacia él y depositó dos bananas a sus pies. Pero el anciano no lo vio. Fue menester que una mano se apoyase sobre su hombro para arrancarlo de este sopor. La reconoció al punto por el contacto blando y tímido, y volvió en sí. Se puso de pie y saludó a su amigo Vasudeva. Y al posarse sus ojos sobre el bondadoso semblante lleno de breves arrugas risueñas iluminadas por aquellos ojos tan serenos, también en su rostro comenzó a aflorar una sonrisa. Vio las bananas: las recogió; obsequió una al botero y se comió la otra. En silencio, ambos emprendieron el camino de regreso, a través del bosque. Ni uno ni otro habló de lo ocurrido ese día, ni pronunció el nombre del niño o hizo alusión a la huida; ninguno dijo una sola palabra acerca del sufrimiento que le tocara en parte. Llegado a la cabaña, Siddhartha se extendió sobre su lecho. Al cabo de unos instantes, cuando Vasudeva le trajo una escudilla de leche de coco, lo encontró dormido.

OM

Terribles fueron los padecimientos de Siddhartha. Muchas veces, cuando cruzaba en su barca a hombres que llevaban consigo a sus hijos, la envidia le aguijoneaba. «Por qué a miles y miles de padres les es dado disfrutar la más dulce de las dichas y a mí me está vedada? Hasta el malo y el ladrón tienen niños que los aman y a quienes aman. ¿Por qué no podré yo ser feliz?» De este modo ingenuo, insensato incluso, reflexionaba entonces. Hasta tal punto habíase tornado semejante a los hombres.

¡Los hombres! Hoy los veía de manera muy diferente que antaño, y con menor presunción y menos orgullo los juzgaba: sentíase más cercano a ellos, la vida y los hechos del vulgo despertaban su curiosidad. Cuando transportaba a viajeros de condición inferior, mercaderes, soldados, mujeres de todas las categorías, esta gente no le parecía ya tan extraña como antes; la comprendía, comprendía su existencia no guiada por ideas u opiniones, sino únicamente por necesidades y deseos; interesábase y se sentía uno de ellos. Aunque estuviera ya cerca de la perfección y el recuerdo de su último dolor le torturaba todavía, consideraba a estos hombres sencillos como sus hermanos; las vanidades, los afanes y los caprichos mundanos habían dejado de ser ridículos a sus ojos. Sí, valía la pena entender a esta gente, amarla y hasta venerarla. El amor ciego de la madre, la estúpida y cariñosa presunción de padre, el necio afán de la joven coqueta por adornarse con joyas que provocan la admiración de algunos hombres; habíasele esclarecido el sentido de todas estas necesidades pueriles, y todas estas aspiraciones ingenuas e irrazonables, pero tan poderosas en la vida, no aparecían más a los ojos de Siddhartha como cosas despreciables. Por ellas los hombres cumplían lo imposible, realizaban largos y duros viajes, exterminábanse los unos a los otros, soportaban sufrimientos infinitos, resistían todo; y esto hacía que él los amase. En cada una de sus pasiones y actos descubría la vida, lo animado, lo indestructible, el Brahma. Hasta en la ceguera que les producía su fidelidad, su fuerza y su perseverancia, estos hombres eran dignos de amor y de admiración. Nada les faltaba. El sabio, el pensador, únicamente les era superior en una cosa muy pequeña, muy pequeña: su conciencia de la unidad de lo viviente. Hasta llegaba Siddhartha a preguntarse a veces si el saber o la idea tenían toda la trascendencia que se les atribuía, si acaso no representaran más que un juguete de los hombres-pensadores, de los hombres-niños que piensan. En todo lo demás los hombres vulgares igualan al sabio y en ocasiones lo aventajan, como aquellos animales que decimos superiores al hombre por la tenacidad inflexible con que cumplen los actos requeridos por la existencia.

Poco a poco, desarrollábase y maduraba en Siddhartha la cabal noción de la sabiduría verdadera, objetivo de sus largas búsquedas. Predisposición del alma, capacidad o arte misterioso de identificarse a cada instante de la vida con la idea de la unidad, en ello residía el saber supremo. ¡Sentir la unidad en todas partes, respirarla! Todo esto se entraba paulatinamente en Siddhartha, y en el semblante viejo e infantil de Vasudeva se refractaba como armonía, ciencia de la perfección eterna del mundo, sonrisa, unidad.

Pero la herida del alma continuaba sangrando. Pensaba en su hijo con amor moteado de amargura. En su corazón guardaba el dolor que lo roía, alimentándolo, abandonándose allí a todas las locuras del amor. La llama no se extinguía por sí misma.

Un día en que la herida le abrasaba más que nunca Siddhartha cruzó el río, compelido por la necesidad de ver a su hijo. Descendió en la ribera opuesta con firme voluntad de llegar a la ciudad y buscarlo. Era el tiempo de los calores. Las ondas deslizábanse sosegadas y casi silenciosas, pero el murmullo de las aguas sonaba extrañamente: ¡reían! ¡Sí, reían! Hubiérase dicho que su risa clara y burlona se mofaba del viejo botero. Siddhartha se detuvo, y al inclinarse para oír mejor vio reflejarse en la corriente apacible un rostro que le suscitó en el alma lejanas resonancias. Pero un instante de reflexión bastó para esclarecer su memoria. Era el rostro de un ser al que antaño amó y temió: era el rostro de su padre, el brahmán, y evocó cómo, adolescente, lo obligara a dejarle unirse a los samanas, la escena del adiós y de su partida sin retorno. ¿No habían sido los sufrimientos de su padre parejos a los suyos? ¿No murió el brahmán hace muchos años, solo, sin haber vuelto a ver a su hijo? ¿Por qué no habría de esperar él idéntica suerte? ¿No representaba en verdad una comedia extraña y estúpida semejante repetición de los hechos, esta carrera sempiterna en un mismo círculo fatal?

Pensando en su padre, en su hijo y en la risa irónica del río, Siddhartha regresaba a la cabaña, en desacuerdo consigo mismo, propenso a la desesperación y a la vez con ganas de reír a carcajadas del mundo entero y de su propia persona. Pero, ¡ay!, la herida no había florecido aún, su corazón continuaba ofreciendo resistencia al destino, la serenidad y la victoria no resplandecían todavía a través de su dolor. No obstante, una vez en la cabaña, púsose a esperar, y en todo su ser cundió una irresistible necesidad de abrirse a Vasudeva, de mostrarle el meollo de su alma, de decirle todo, a él, el maestro de los que saben escuchar.

Vasudeva se hallaba dentro, sentado, tejiendo una canasta. Ya no conducía la barca, pues su vista empezaba a enturbiarse y su brazo habíase debilitado. Pero la alegría y un calmo bienestar iluminaban siempre su semblante.

Se sentó Siddhartha junto al anciano y comenzó a relatarle, muy despacio, cosas que antes jamás le dijera. Hablóle de su ida a la ciudad, de la herida que le escocía las entrañas, de cómo la envidia lo mortificaba al ver a otros padres más felices, de la locura de sus deseos, de la cual se percataba, y de sus vanos combates contra ellos. Confesó todo; sentíase capaz de decir todo, hasta lo más vergonzoso, y lo dijo: desnudó su alma, y ninguna confesión le fue penosa. Habló de su herida, contóle cómo ese mismo día intentó huir, y cómo el río se había burlado de él cuando huía como un niño.

Habló por espacio de muchas horas, y Vasudeva le escuchaba impasible. El hechizo de la atención con que el botero seguía sus palabras metíase en él más hondo que nunca; tenía la impresión de que sus esperanzas se entraban en el alma del anciano, y que sus dolores y ansiedades vertíanse hacia él. Descubrir la herida a un hombre que sabía escuchar, como aquél, era como bañarla en las aguas del río hasta que se volviera fresca como ellas. En tanto continuaba hablando, siempre en confesión, en Siddhartha crecía cada vez más el sentir de que no era ya Vasudeva, de que no era un hombre quien lo escuchaba: que este ser inmóvil, al que hablaba, absorbía su confesión como las plantas el agua del cielo; que era el río mismo, Dios, lo Eterno. Y mientras los pensamientos de Siddhartha se iban alejando de él y de su herida, esta creencia en la transformación de Vasudeva fijábase vigorosamente en su espíritu; más se penetraba de ella, menos se asombraba y mejor comprendía que cuanto sucedía era natural y en el orden de las cosas. En esta hora reconocía que desde siempre Vasudeva había sido así, pero que jamás lo vio cabalmente, y que acaso él mismo se le pareciera mucho. Lo sentía como a uno de esos dioses que la imaginación del pueblo se representa, pero sabía que esta visión no podía durar y en su interior comenzaba a alejarse. Pensando en estas cosas continuaba.

Al terminar Siddhartha, Vasudeva fijó sobre él sus ojos bondadosos algo debilitados. No habló. Pero de su ser silencioso irradiaban amor y serenidad, comprensión y saber. Tomó a Siddhartha por la mano, lo condujo a la ribera, sentóse a su lado y sonrió al río.

—Lo has escuchado reír —dijo—, pero no has escuchado todo. Esperemos atentamente y oirás aún otra cosa.

Pusiéronse a escuchar. Las voces del río cantaban con dulzura. Siddhartha miró en el agua y en su fluir le aparecieron imágenes: vio a su padre, solo, llevando duelo; viose a sí mismo, solo, unido por lazos de amor a su hijo lejano; vio a su hijo, solo también, sobre la ruta ardiente que recorría hacia la meta de sus juveniles aspiraciones; cada uno de ellos tenía los ojos fijos sobre una meta, en cada uno de ellos señoreaba el pensamiento de alcanzarla, cada uno de ellos era presa de tremendos sufrimientos. El río cantaba con la voz del dolor y de la pasión, atraído por su meta se deslizaba hacia ella y su murmullo hubiérase dicho una queja.

Las miradas mudas de Vasudeva decían: «¿Oyes?», y Siddhartha asentía.

—Escucha mejor —susurró Vasudeva.

Siddhartha concentróse. La imagen de su padre, su propia imagen y la imagen de su hijo volviéronse una; también surgió la de Kamala, disipándose después; más tarde fueron la imagen de Govinda, y otras. Todas se confundían, se hacían río, y con éste se lanzaban, con idéntico ardor, con igual codicia y sufrimiento, hacia la meta anhelada; y la voz del río retumbaba, palpitante, henchida de deseos, plena de dolor quemante, colmada de ansias insaciables. Veía Siddhartha cómo el río, con él, los suyos y todos los que conociera, tendía hacia su meta con toda la fuerza que le era dada. Cargado de sufrimientos corría en pos de metas innumerables: cataratas, lagos, rápidos, mar, y a todas llegaba, y el agua exhalaba vapores que se elevaban al cielo, que luego se trocaban en lluvia que se precipitaba desde aquél y se convertía en manantial, en arroyo, en río que una vez más volvía a elevarse para recomenzar su carrera. Ahora la voz dejó de expresar aquellos afanes, se hizo gemebunda, como la de alma en pena, y otras mil voces, alegres unas y de dolor otras, uniéronse a ella, y luego otras más que decían del bien y del mal, que reían y lloraban.

Siddhartha era todo oídos. Sus facultades en tensión recogían esas voces; sólo ellas existían para él; absorbía y se identificaba con todos estos rumores, sabiendo que estaba ya aquí la hora en que alcanzaría su última perfección en el arte de escuchar. Si bien con frecuencia las voces del río embelesaron sus oídos, hoy parecíanle nuevas. Principiaba a no poder distinguir con claridad sus sonidos; en concierto confundíanse los de nota alegre con los quejosos, los masculinos con los infantiles. El lamento del melancólico y la risa del escéptico, el grito de cólera y los gemidos de la agonía se hacían uno, se fundían y compenetraban de mil modos. Y todo esto en su conjunto era el mundo: todos los clamores, las aspiraciones, los afanes, los sufrimientos y los placeres, todo el bien y todo el mal, formaban el río del suceder, la música de la vida. Y cuando Siddhartha, olvidándose de su yo, dejó de atender a los clamores de sufrimiento y de dolor, y aguzando los sentidos abrió su alma a todo, entonces percibió que la sinfonía de las mil voces que a un tiempo se alzaban del río sólo decía una palabra: *Om*.

«¿Oyes?», preguntaron los ojos de Vasudeva. Y en tanto la sonrisa iluminaba las arrugas de su vieja cara, un halo de claridad planeaba por sobre su cuerpo, como el *Om* sobre las voces del río. En verdad resplandecía la sonrisa del viejo botero, e idéntica sonrisa brillaba en Siddhartha.

Su herida florecía ahora, su dolor irradiaba; su yo habíase fundido con la unidad, con el todo.

Desde este instante Siddhartha cesó de luchar contra el destino; cesó de sufrir. Su semblante decía la serenidad del saber al que ninguna voluntad perturba, del saber que sabe de la perfección y que se aviene con el río de los destinos, con el río de la vida, que hace suyas las penas y las alegrías del universo, que se abandona entero a la corriente, que es parte de la unidad, del todo.

Púsose de pie Vasudeva. Miró en las pupilas de Siddhartha y vio en ellas la calma lumbre de la verdadera ciencia. Con su manera suave y delicada posó la mano en el hombro de su compañero y dijo:

—Esperaba esta hora, amigo mío. Ya ha llegado; permíteme partir. Sí, durante largo tiempo la esperé, durante largo tiempo he sido el botero Vasudeva. Ahora esto ha terminado. ¡Adiós, pequeña cabaña; adiós, río; adiós, Siddhartha!

Siddhartha se inclinó profundamente ante aquel que se despedía.

—Lo sabía —respondió—, ¿vas hacia la selva?

—¡Voy hacia la selva, voy hacia la unidad! —exclamó Vasudeva, radiante.

Y radiante partió. Siddhartha lo siguió con la mirada, y en sus ojos había alegría infinita y profunda gravedad. Vio cómo se alejaba con paso tranquilo, toda su persona irisada de luz.

GOVINDA

Cierto día, Govinda, acompañado por algunos monjes, llegó hasta los jardines que la cortesana Kamala regalara a los discípulos de Gotama, e interrumpió su peregrinación a fin de descansar. Oyó allí hablar de un viejo botero que le dijeron vivía a una jornada de marcha, y a quien muchos consideraban un sabio. Al partir, Govinda decidió seguir el camino que atravesaba por dicho lugar, pues sentía curiosidad por ver a ese hombre. Aunque constantemente vivió en la observancia de la regla, y en razón de su edad avanzada y de su modestia tuviéranle en alto aprecio los monjes más jóvenes, la inquietud y la necesidad de buscar acuciaban a menudo su alma.

Llegó a la ribera y pidió al anciano botero que lo cruzara. Al desembarcar le dijo:

—Sé que siempre has sido muy amable con los monjes y los peregrinos, pues muchos son los que transportaste de una orilla a la otra. ¿Pero dime, botero, serías tú también de aquellos que buscan el buen sendero?

Siddhartha, cuyo viejo rostro sonreía bajo la llama de su mirada, respondió:

—¿Acaso pretendes tú ser uno de ellos, oh venerable, tú, ya cargado de años y que llevas el hábito de los monjes de Gotama?

—Soy viejo, en verdad —repuso Govinda—, mas no por ello he cesado en mi búsqueda. A veces creo que mi destino sea buscar sin descanso. Tú también has buscado; ¿quieres decirme algunas palabras, hombre venerado?

Siddhartha respondió:

—¿Qué podría decirte yo, oh venerable?... ¿Que buscas demasiado? ¿Qué es a fuerza de buscar que no encuentras?

—¿Cómo?

—Al buscar —continuó Siddhartha—, ocurre fácilmente que nuestros ojos sólo ven el objeto que perseguimos. Por ello, porque todo lo demás es inaccesible a nuestros ojos, porque sólo pensamos en aquella meta que nos hemos fijado, ésta nos posee por entero y nos hace imposible el encontrar. Quien dice buscar, significa un fin. Pero encontrar es ser libre, estar abierto a todo, no tener fin determinado alguno. Tú, venerable, sin duda buscas en verdad, pero la meta que tienes ante tus ojos y tratas de alcanzar te impide justamente ver lo que muy próximo a ti se halla.

—Aún no te entiendo —dijo Govinda—, ¿qué quieres decir?

Y Siddhartha continuó:

—Antaño, oh venerable, muchos años han pasado desde entonces, llegaste un día hasta estas orillas. Un hombre dormía, y tú te sentaste junto a él para velar su sueño. ¡Oh, Govinda! —¿No reconoces a aquel hombre?

Atónito y como hechizado, el monje escudriñaba los ojos del botero.

—¿Serías tú, Siddhartha? —inquirió con voz temblorosa—. ¡Tampoco esta vez te hubiera reconocido! ¡Oh

Siddhartha, todo mi corazón te saluda, todo mi ser se regocija al verte! ¡Pero cómo has cambiado, amigo querido! ¿Y eres botero? ¿Cómo?

Siddhartha comenzó a reír cordialmente.

—Sí, soy botero. Hay personas, Govinda, que con harta frecuencia se ven obligadas a cambiar de condición, a llevar toda suerte de vestidos. Yo soy de ellas, querido mío. Bienvenido seas, Govinda. Albérgate hoy bajo mi techo.

Govinda pasó la noche en la cabaña y descansó sobre el lecho de Vasudeva. Innúmeras preguntas hizo a su compañero de infancia, y éste le contó muchas cosas de su vida.

Por la mañana, a punto de retornar a su camino, Govinda le habló con voz no exenta de vacilación:

—Antes de continuar mi peregrinación, permíteme, Siddhartha, que te pregunte una cosa todavía: ¿Tienes tú una doctrina o una ciencia que guíe tus actos y te ayude a vivir en el bien?

Siddhartha respondió:

—Tú sabes, amigo mío, que antes, cuando era joven y vivíamos con los ascetas, desconfiaba ya de las doctrinas y de los maestros, y que acabé por volverles la espalda. Mi opinión no ha cambiado. Desde entonces tuve maestros. Durante mucho tiempo me instruyó una hermosa cortesana; también un mercader y algunos jugadores de dados fueron mis maestros. Cierto día, uno de los discípulos errantes de Buda, en el curso de una de sus peregrinaciones, cuidóme mientras yo dormía en el bosque. También él me enseñó algo, y muy reconocido le estoy por ello. Pero es sobre todo a este río a quien debo casi todo mi saber, y a mi predecesor, el botero Vasudeva, un hombre sumamente simple. No, no era un pensador este Vasudeva, mas sabía las cosas necesarias al par de Gotama. ¡Era un ser perfecto, un santo!

Govinda dijo entonces:

—¡Oh, Siddhartha!, me parece que la chanza, sigue gustándote. Que no hayas seguido a maestro alguno, lo creo y lo sé. ¿Pero no has hallado, no diré una doctrina, sino ciertas ideas, ciertos conocimientos, que te pertenezcan cabalmente y con arreglo a los cuales orientas tu vida? Si te fuera posible hablarme de estas cosas, harías mi felicidad.

—Sí. A veces vinieron a mí, pensamientos, conocimientos. Por una hora o un día, los efectos del saber agitáronse en mi alma como la vida en el corazón. Ciertamente, se trataba de ideas, mas harto difícil me sería comunicártelas. Escucha, mi buen Govinda, uno de los pensamientos míos: la sabiduría no se transmite. La ciencia que el sabio intenta comunicar suena siempre a locura.

—¿Quieres reírte de mí? —preguntó Govinda.

—De ningún modo. Te digo lo que hallé. Puede comunicarse el saber, pero no la sabiduría. Cabe encontrarla, vivirla, hacer de ella un sendero; es posible, merced a ella, realizar milagros, pero en punto a decirla y a enseñarla, ¡no, esto no se puede! Cuanto te digo ahora lo sospechaba ya de joven, y fue lo que me hizo huir de los maestros. Escucha, Govinda, otro pensamiento que acaso tomes tú por broma o locura, pero que en verdad está por encima de todos los pensamientos que tuve jamás. Helo aquí: lo contrario de cada verdad es tan verdadero como la verdad misma. Te lo explicaré: una verdad, cuando es unilateral, sólo puede expresarse con palabras que la encubren. Y unilateral es todo lo que puede pensarse y traducirse en palabras; sólo es mitad o parte, carece de totalidad, de unidad. Cuando el sublime Gotama hablaba del mundo en su enseñanza, veíase obligado a dividirlo en Sansara y en Nirvana, en errores y en verdades, en sufrimiento y en liberación. Imposible de distinta manera; representa el único camino a seguir por el maestro que enseña. Pero el mundo en sí mismo, lo que existe en nosotros y afuera, jamás es unilateral. Nunca un ser humano o una acción es plenamente Sansara o Nirvana, así como tampoco un hombre nunca es cabalmente un santo o un pecador. Harto fácilmente nos equivocamos, pues por naturaleza propendemos a creer que el tiempo es una cosa real. ¡Oh, Govinda, el tiempo no es una realidad, muchas y muchas veces lo he sentido! Y si el tiempo no existe, el instante que parece mediar entre el mundo y la eternidad, entre el sufrimiento y la felicidad, entre el bien y el mal, no es más que una ilusión.

—¿Cómo? —preguntó Govinda con voz honda de ansiedad.

—¡Presta atención, mi buen amigo, escúchame bien! Yo soy un pecador, tú también lo eres, y ambos seguiremos siéndolo. Pero vendrá un día en que seremos Brahma, en que alcanzaremos el Nirvana, en que seremos Buda. ¡Mas ten cuidado!, este «un día» es una ilusión, una manera de hablar. El pecador no se encamina hacia el estado de

140 · HERMANN HESSE

Buda, no evoluciona, pero nuestro espíritu es incapaz de presentarse las cosas de otro modo. No, el Buda del futuro existe en el presente, está en el pecador, y en éste debes venerar ya, y en ti, al Buda en devenir, al Buda todavía oculto. El mundo, Govinda, no es una cosa imperfecta o en vías de lento perfeccionamiento; ¡no, es perfecto en cualquier momento! El pecado entraña su perdón, dentro del niño alienta el anciano, cada recién nacido lleva en sí la muerte, cada mortal la vida eterna. A ningún ser humano le es dado penetrar hasta qué punto su prójimo ha triunfado en la ruta que sigue: Buda espera en el ladrón y en el jugador de dados, y en Brahma espera el ladrón. Por la meditación profunda puede el hombre evadirse del tiempo, considerar como simultáneo todo lo que ha sido, lo que es y lo que será en el futuro, y como todo es perfecto, todo es Brahma. Y por ello digo que lo que es, está bien; y todo me es igual: la muerte o la vida, el pecado o la santidad, la prudencia o la locura. Todo debe ser así; únicamente me cabe aceptarlo, quererlo, comprenderlo con amor. Hube de pecar de lujuria, de concupiscencia y de vanidad; sólo después de vivir en la más vergonzosa de las desesperaciones pude frenar mis afanes y mis pasiones; tremendo dolor costóme amar el mundo verdadero, no confundirlo con aquel mundo imaginario deseado por mí ni con el género de perfección que mi espíritu se representaba. Aprendí a tomarlo tal cual es, a amarlo y a ser parte de él. ¡Éstos, oh Govinda, son algunos de mis pensamientos!

Siddhartha se inclinó, recogió una piedra y sopesándola con la mano dijo:

—Con el tiempo, esta piedra será tierra, y de esta tierra nacerá una planta, un animal o un ser humano. ¡Y bien! Antaño simplemente hubiera hablado así: esta piedra es sólo una piedra, una cosa sin valor, pertenece al mundo de Maya, pero como en la rueda de las transmutaciones puede llegar a convertirse en un ser humano, en un espíritu, he de reconocer su valor. Posiblemente en otros tiempos hubiera pensado de este modo. Pero hoy diré: esta piedra es una piedra, es también Dios, y es también Buda; no porque un día pueda trocarse en esto o aquello la venero y la amo, sino porque todo lo es va, desde hace mucho tiempo, desde siempre, y la amo precisamente porque es piedra, y porque como piedra se presenta hoy ante mí. Sus hendiduras y sus agujeros, su color amarillo y gris, su dureza, el sonido que deja escapar cuando la golpeo, la sequedad o la humedad de su superficie, todas estas cosas poseen valor y sentido a mis ojos. Piedras hay que son al tacto como aceite o jabón, otras como hojas, otras como arena; y cada una tiene su peculiaridad y dice el *Om* a su manera, cada una es Brahma siendo a la par una piedra; y justamente por ello me gustan y me parecen maravillosas y dignas de ser adoradas.

«Mas ya he hablado bastante. Mal sirven las palabras el sentido misterioso de las cosas; siempre deforman más o menos lo que se dice, y a menudo se desliza en el discurso un dejo de falsedad o de locura. Pero asimismo esto lo encuentro muy bien y de ningún modo me disgusta. De buena gana consiento en que la sabiduría de un hombre tenga cierto aire de locura a los ojos de algunos de sus prójimos.»

Govinda escuchaba callado.

—¿Por qué —preguntó con voz vacilante unos momentos después—, por qué me has hablado así de la piedra?

—Por cierto que fue sin intención, y acaso porque me siento unido a ellas, a este río, a estas cosas que vemos y que todas tienen algo que enseñarnos. Sí, Govinda, soy capaz de amar una piedra, un árbol y hasta un pedazo de corteza. ¡Son cosas, y por tanto cabe amarlas! Pero algo hay que me siento incapaz de amar: las palabras. He aquí por qué no hago caso de las doctrinas. Carecen de dureza, de blancura, de color, de perfume, de gusto; sólo una cosa tienen: palabras. Tal vez por ello tú nunca alcances la paz. Oh, Govinda, tú te pierdes en el laberinto de las frases, pues sabe, amigo mío, que sólo son palabras todo aquello que llamamos liberación y virtud, Sansara y Nirvana. No existe el Nirvana, únicamente existe la palabra «Nirvana».

Govinda respondió:

—Amigo mío, Nirvana no es solamente una palabra, es también un pensamiento.

Siddhartha replicó:

—Un pensamiento, sí, convengo. Pero te confieso, querido mío, que entre el pensamiento y la palabra no encuentro gran diferencia. A decir verdad, no presto más atención a uno que a la otra. Mayor importancia tienen para mí las cosas. Por ejemplo, aquí, a orillas de este río, vivía un hombre, mi predecesor y mi maestro. Era un hombre santo, que durante largos años sólo creyó en este río, y en nada más. El río le hablaba y fue su maestro, lo instruyó y lo educó: el río era su Dios. Durante mucho tiempo ignoró que también son divinos los vientos, las nubes, el pájaro, el insecto, y que su saber iguala al de este río venerable, que pueden instruirnos a la par de él. Y cuando este santo que jamás tuvo un maestro o un libro partió hacia la selva, lo sabía todo, sabía más que tú y yo, únicamente por la fe en su río.

Govinda le dijo:

—Pero hay realidad, hay ser, en todo esto que tú llamas «las cosas». ¿No serían meramente una engañosa imagen de la Maya, simples apariencias y sombras? ¿Tú, piedra; tú, árbol; tú, río, son en verdad realidades?

—Tampoco esto me preocupa —respondió Siddhartha—. Poco importa que estas cosas sean una apariencia, pues entonces yo mismo soy una apariencia, y así yo soy como ellas, y ellas como yo. Somos iguales, y por tanto las amo y las venero. Reside aquí una enseñanza de la que acaso reirás, oh Govinda, y es que el amor debe dominarlo todo. Analizar el mundo, explicarlo, despreciarlo, tal vez sea la labor de los grandes pensadores. Mas para mí sólo vale el ser capaz de amarlo sin desprecio, el no odiarlo a él y a mí al mismo tiempo, el unir en mi amor, en mi admiración y en mi respeto, a todos los seres de la tierra, sin excluirme.

—Comprendo —dijo Govinda—. Pero esto es justamente lo que el Sublime llamaba un señuelo. Él proclamaba la tolerancia, la piedad, la paciencia, la benevolencia, mas no el amor; y nos prohibía atar nuestros corazones a todo lo terreno.

—Lo sé —respondió Siddhartha con una sonrisa que brilló como el oro—, lo sé, Govinda. Y henos aquí ahora en plena maleza de las opiniones, en la disputa sobre palabras.

No podría negarlo; cuanto digo del amor está en contradicción, pero contradicción aparente, con las palabras de Gotama. Y por ello desconfío tanto de las palabras, pues sé que dicho antagonismo es pura ilusión. En mi alma sé que nada me separa de Gotama. Cómo decir que Él no haya conocido el amor, Él, que sabía de la debilidad y de la flaqueza de la naturaleza humana y que empero llevó su amor a la humanidad al punto de consagrarse a ella durante toda su larga y penosa existencia, para ayudarla e instruirla. Aun en Él, tu maestro y el más grande entre todos los maestros, la «cosa» a mis ojos vale más que las palabras, su manera de vivir y de obrar tiene más peso que sus discursos, un solo ademán suyo tiene mayor trascendencia que sus opiniones. No es en los discursos ni en el pensamiento que reside su grandeza, sino en sus actos, en su vida.

Durante largo rato los hombres callaron. Luego, inclinándose ante su amigo para despedirse de él, Govinda habló:

—Gracias, Siddhartha, por haberme iniciado en algunos de tus pensamientos. La mayoría son algo extraños y arduo me resulta entenderlos en su conjunto. Sea como fuere, te agradezco y deseo que tus días sean felices.

(Pero en el corazón se decía: ¡Hombre raro este Siddhartha! ¡Singulares ideas las suyas! Su doctrina me parece una locura. ¡Harto distinta la del Sublime!, más pura, más clara, más comprensible, nada hay en ella de extraño, desmesurado o ridículo. ¡Pero cuán diferente de sus pensamientos me parece toda la persona de Siddhartha! Manos, pies, ojos, frente, sonrisa, saludo, respirar y caminar tales jamás los vi en hombre alguno desde que el Sublime

entró en el Nirvana. Jamás pude decir de un hombre como
de éste: ¡He aquí un santo! Y Siddhartha es único, nunca
vi un ser similar a él. Tal vez su doctrina parezca excéntri-
ca y sus palabras algo disparatadas, pero su mirada y sus
manos, su piel y sus cabellos, todo en él respira aquella
pureza, aquella serenidad dulce y santa que jamás me fue
dado ver desde la muerte de nuestro excelso Maestro.)

Hablaba así Govinda a su alma, mientras en su corazón
movíanse los pensamientos más contradictorios. Una vez
más volvió a inclinarse profundamente, impelido por el
amor, ante el inmóvil Siddhartha que permanecía sentado.

—Siddhartha —le dijo—, ambos somos ancianos ya.
Poco probable es que nos volvamos a ver bajo forma humana. Compruebo, amigo muy querido, que tú has encontrado la paz, y confieso que yo no la he alcanzado.

«¡Dime, oh venerable, todavía una palabra, algo que
pueda llevar conmigo, algo que pueda comprender! Dame
fuerzas para el camino que aún debo andar. ¡Oh, Siddhartha!, harto duro y sombrío es a menudo mi camino».

Siddhartha callaba, mirándolo con su sonrisa imper-
turbable. Govinda, el corazón transido de ansiedad y de
pena, clavaba en él sus ojos donde brillaba la angustia
del sufrir, de la sempiterna y vana rebusca. Comprendió
Siddhartha y la sonrisa acentuóse en su rostro.

—Inclínate hacia mí —le susurró al oído—. Inclínate
aún más. Así, ¡más cerca todavía! ¡Más cerca! ¡Bésame
en la frente, Govinda!

Asombrado Govinda, mas atraído por el amor y una
suerte de presentimiento, obedeció al mandato. Se inclinó
hacia el anciano y tocó su frente con los labios. Una cosa

singular ocurrió entonces en su alma. Mientras sus ideas continuaban enredadas en las extrañas palabras de Siddhartha y su espíritu se hacía violencia para abstraerse del tiempo, para representarse el Nirvana y el Sansara como uno, mientras que el inmenso amor y la veneración que experimentaba por su amigo pugnaba aún con esa especie de desdén que le inspiraban sus palabras, Siddhartha desapareció a sus miradas; en lugar de su rostro vio otro, una multitud, centenares, miles. Fluían como las ondas de un río, se desvanecían, reaparecían al mismo tiempo, se modificaban, renovábanse sin cesar, y todos seguían siendo Siddhartha. Vio el rostro de un pez, de una carpa, cuya boca abierta y ojos mortecinos decían el dolor infinito de la agonía... Vio el rostro colorado y lleno de arrugas de un recién nacido a punto de llorar... El de un asesino, cuyo cuchillo se hundía en las carnes de un hombre... Vio en el mismo instante cómo este asesino encadenado se arrodillaba ante el cadalso y el verdugo le cortaba la cabeza de un solo golpe de hacha... Vio cuerpos de hombres y de mujeres desnudos en las posiciones y las luchas del amor más desenfrenado... Vio cadáveres que yacían rígidos, fríos, vacíos... Vio cabezas de animales, de cocodrilos, de elefantes, de toros, de pájaros... Vio dioses: Krischna, Agni... Vio todas estas figuras y todos estos cuerpos unidos los unos a los otros de mil maneras, y cómo cada uno de ellos corría en ayuda del otro, amándolo, odiándolo, destruyéndolo, procreando de nuevo; y en cada uno de ellos vivía la voluntad de morir, la confesión apasionadamente dolorosa de su fragilidad, empero ninguno moría, sino que se transformaba, renaciendo siempre bajo nueva apariencia; y, sin embargo, entre la primera y la segunda forma no hubiese entrado el más mínimo espacio de tiempo... Y todas estas formas, todos estos rostros pasaban, procreaban, flotaban, se confundían; y por encima de ellos flotaba algo tenue e irreal, semejante a una hoja de cristal q de hielo, una especie de piel transparente, de máscara líquida; y esta máscara sonreía, esta máscara era el semblante risueño de Siddhartha, que él, Govinda, acababa de tocar con sus labios. Y así Govinda penetró en la sonrisa de la máscara, en la sonrisa de la unidad de la corriente del suceder, de la simultaneidad de los millares de nacimientos y de muertes. Y la sonrisa de Siddhartla era idéntica a aquella sonrisa delicada, inviolable en su serenidad, tal vez algo bonachona y burlona: era la sonrisa de las mil pequeñas arrugas que tantas veces él mismo había contemplado con unción en Gotama. Así sonreían, bien lo sabía Govinda, los seres perfectos.

Fuera del tiempo, no sabiendo si su visión duró un segundo o un siglo, si había en el mundo un Siddhartha y un Govinda, si el yo y el tú existían; con el corazón como traspasado por una flecha divina y el alma ceñida por un encanto indecible, Govinda quedóse todavía un instante inclinado sobre el rostro impasible de Siddhartha, teatro de todas las transformaciones, de todo el devenir, de todo el ser. En nada había cambiado este rostro una vez cerradas sus innumerables pequeñas arrugas. Sonreía sereno o inmutable, con aquel dejo de bondad simple e ironía, con aquella paz que le hacía idéntico al del Ser perfecto.

INDICE

Esta obra se terminó de imprimir en los talleres de
Impresora Publi-mex, S.A. de C.V.
Calz. San Lorenzo No. 279- 32 Col. Estrella Iztapalapa
C.P. 09850, México, D.F.
Se imprimieron 1,000 ejemplares más sobrantes